KB045850

3

S랭크 모험가인 내 딸들은 심각한 파더콤이었습니다

삼녀・메릴

"앗……. 메릴. 거긴, 안 돼……!"

리는 그동안 쭉 서로의
해관계 때문에 같이 있었던 거구나.
그렇다면 나도 봐주지 않고 싸울 수 있어!"

폴라

CONTENTS

Illustration 노조미 치바루

제1화

A랭크 모험가인 나——카이젤은 과거에 세 명의 갓난아기를 주웠다.

나는 왕도를 떠나 고향 마을로 돌아갔고, 내가 키워낸 그 여자아이들은 무럭무럭 자랐다.

첫째 딸 엘자는 사상 최연소 S랭크 모험가가 되었고 기사단의 단장——공주님의 근위병으로도 활약하면서 전폭적인 신뢰를 받고 있었다.

둘째 딸 안나는 사상 최연소로 모험가 길드의 길드 마스터가 되었다. 안나의 명석한 두뇌와 협상 기술은 그 누구와도 비교가 안 될 정도였다.

그리고 막내인 메릴은 현자라고 칭송받는 위대한 마법사가 되었다. 현재 마법 학교에 특별 장학생으로 재적하고 있는 이 아이는 끊임없이 새로운 마법을 개발하고 있었다.

다들 내 상상보다 훨씬 더 멋지게 성장해줬다.

부모에게서 독립한 그들은 이제 각자의 길로 떠나갈 것이다. 육아를 마친 나는 느긋하게 여생을 보낼 계획이었다.

하지만 실제로는 그렇게 되지 않았다.

내 딸들의 간절한 소원대로 우리 가족은 왕도에서 함께 살게 되었다. 그리고 오늘도 꼭두새벽부터 첫째 딸 엘자가 나에게 말을 걸어 왔다.

"아버님! 저의 대련 상대가 되어주시겠어요?"

"응? 나는 그래도 상관없어. 하지만 꼭 나한테만 부탁할 필요는 없잖아? 기사단 사람들에게 부탁하면 얼마든지 대련은 할 수 있을 텐데?"

"그들은 저의 대결 상대가 되지 못해요. 역량 차이가 너무 많이 나거든요. 그렇게 천하장사와 갓난아이의 대결같이 쉬운 대련을 해봤자 실력은 향상되지 않을 겁니다."

"왕도의 기사단을 갓난아기 취급하다니……. 아, 그럼 레지나는 어때? 그 녀석은 너하고도 대등하게 대결할 수 있잖아?"

레지나는 옛날에 나와 같은 파티의 멤버였던 여검사이다.

나와 마찬가지로 A랭크 모험가인데, 그 검술 실력은 엘자조차 능가할 정도였다. 대련 상대로서는 흠잡을 데 없는 인물일 것이다.

"레지나 씨는 라이벌인걸요. 그분에게 그리 쉽게 가르침을 청할 수는 없습니다. 다음에 제가 그분과 검을 맞대는 것은, 그분을 완벽하게 이길 수 있을 때입니다."

"하하하. 엘자, 넌 검에 대해서는 정말로 진지하구나."

"레지나 씨에게는 지지 않을 거예요. 검술이든, 그 외의 무엇이든 간에."

"그 외라니?"

"아버님의 등을 지켜드리는 사람은 레지나 씨가 아니라 저예요."

풍만한 자기 가슴에 손을 얹고 그렇게 자부하는 엘자의 표정은 늠름해 보였다. 그런데 시간이 지날수록 점점 **뺨**이 연분홍색으로 붉어졌다.

"이, 이상한 의도가 있는 것은 아닙니다! 부적절한 감정도 없어요. 레지나 씨에게 아버님을 빼앗기기 싫다든가, 뭐 그런 것은……."

"의욕이 있다는 것은 좋은 일이야. 나도 열심히 단련해야겠구나. 방심하면 너희 둘보다 뒤처지게 될 테니까."

언젠가 엘자는 아버지인 나를 추월해버릴 것이다.

딸의 성장은 아버지로서는 기쁜 일이었다.

하지만 아직은 좀 더 버티고 싶었다. 적어도 엘자가 스무 살이 될 때까지는.

나와 엘자는 아침부터 집 근처에 있는 공터에 가서 땀 흘리며 대련을 했다. 엘자가 나를 추월하려면 아직은 시간이 좀 더 걸릴 것 같았다.

단련을 마치고 집에 돌아왔더니 어느새 안나가 일어나 있었다.

"아빠, 엘자. 이렇게 아침 일찍부터 단련을 하고 온 거야?"

"응. 땀을 흘리면 기분이 좋아지거든. 안나, 너도 해볼래?"

"사양할게. 그랬다가는 그다음에 직장 일을 제대로 못 할 테니까. 나한테는 아빠나 엘자 같은 체력이 없거든."

"안나, 당신도 한 달쯤 열심히 단련하면 체력이 생길 거예요."

"아니야, 안 생겨. 난 틀림없이 그 전에 쓰러져버릴 거야. 괴물 같은 체력의 소유자인 당신들이랑 똑같이 취급하면 곤란해."

안나는 어휴 하고 기막히다는 듯이 어깨를 으쓱하더니 말을 이었다.

"게다가 그건 당신에게도 못 할 짓이잖아? 엘자. 당신이 모처럼 아빠와 단둘이 보낼 수 있는 시간을 내가 방해하는 꼴이 될 테니까."

"저, 저는, 그런 건……."

"후후. 응, 알아, 알아. 엘자는 순수하게 단련하고 싶은 거지? 그냥 그렇다고 해줄게."

"윽……! 안나는 너무 심술궂어요!"

"아, 맞다. 아빠! 오늘은 꼭 모험가 길드에 와야 해!"

"오. 뭐야, 갑자기 왜 그렇게 정색하고……. 무슨 일 있어?"

"지금 의뢰가 엄청나게 쇄도해서 정신이 없거든. 길드에 상주하고 있는 모험가들만 가지고는 도저히 다 처리할 수가 없어."

"그렇구나. 그래서 나를 소환하기로 한 거야?"

"응, 아빠가 도와주면 어떻게든 이번 주 내에 전부 다 처리할 수 있을 거야. 그러니까 아빠, 부탁이야! 나를 야근 지옥에서 꺼내줘!"

안나는 두 손 모아 절하면서 부탁을 했다.

"알았어. 그렇게 간절하게 부탁하면 거절도 못 하겠다."

"정말?! 와, 다행이다!"

"딸이 야근 지옥에서 꺼내달라는데 모른 척할 수는 없지. 그런데 오후에 가도 될까? 오전에는 마법 학교 강사로 근무해야 해서."

"응. 아빠가 도와주기만 한다면 그것으로 충분해."

"……그나저나 모험가 길드는 노동 조건이 너무 열악한 거 아니야? 모험가 인력도 부족한 것 같은데."

"일 의뢰는 끊임없이 들어오는데, 유능한 모험가는 적으니까. 아무래도 일이 집중될 수밖에 없어. 게다가 유능한 사람들은 대부분 성격이 좀 특이하고. 그래서 매번 길드 직원의 속이 타들어 간다니까."

"그렇구나. 그럼 레지나한테 부탁해보는 건 어때?"

"아, 그 사람이 바로 우리의 속을 시커멓게 태워버리는 장본인이야. 자기가 관심 없는 일은 절대로 안 받아주거든."

"……미안하다. 옛 동료로서 내가 대신 사과하마."

옛날에는 모난 돌 같은 성격이었지만 이제는 세월이 흘러서 레지나의 성격도 다소 둥글어진 줄 알았다. 그런데 그녀는 지금도 여전히 까다로운 성격이었다. 인간은 그리 쉽게 변하지 않나 보다.

——그나저나.

우리 딸들도 열여덟 살이 되어서 이제는 좀 부모의 그늘에서 벗어났나? 하고 생각했는데, 지금 보니 엘자도 안나도 전혀 나에게서 독립하지 못한 것 같았다.

그럼 막내인 메릴은 독립했는가 하면—— 그것도 아니었다. 오히려 세 자매 중에서 메릴의 상태가 제일 심각했다.

"야, 메릴. 슬슬 학교 갈 시간이다."

"뭐—? 아냐, 난 좀 더 느긋하게 있고 싶어—."

"그럴 여유는 없어. 자, 어서 옷 갈아입어."

"옷은 답답해서 싫어—."

"메릴, 네 옷은 상당히 개방적인 편이잖아? 가슴도 다리도 훤히 보이는데."

"맞아요. 거의 수영복이나 마찬가지잖아요. 그런 옷이 답답하다면, 제가 근무할 때 입고 있는 갑옷은 어떻게 되는 건가요?"

"그런 것을 입으면 너무 답답해서 압사당할 거야—. 엘자, 넌 용케 그걸 입고 다닌다? 여름에는 땀 냄새가 지독하게 날 것 같은데."

"그, 그건, 실례되는 말이잖아요?! 땀 냄새는 나지 않아요! 오히려 좋은 냄새가 납니다! 항상 라벤더 향기가 난다고요!"

"아하하. 엄청 진지하게 화를 내네—."

"아 참, 그러고 보니 이건 특별 주문한 교복이라며?"

나는 옆길로 새어버린 이야기의 궤도를 바로잡았다.

"응. 학교 사람한테 부탁해서 만든 거야—. 나는 특별 장학생이니까—. 부탁을 했더니 쉽게 들어주더라고♪"

"어휴, 이 녀석. 특권을 남용하지 마."

내가 그렇게 주의하자 메릴은 "헤헷" 하고 영악하게 웃으며 혀를 쏙 내밀었다. 딸 바보라고 놀림 받을 것을 각오하고 한마디 하자면, 진짜로 귀여웠다.

"그래, 학교 측이 교복까지 특별히 만들어줬잖아. 그럼 열심히 학교에 다녀야지. 게다가 딸이 등교를 안 하면, 강사인 내 입장이 어떻게 되겠어?"

"으음—. 나 때문에 아빠 마음이 불편해지는 것은 싫은데—. 어— 하는 수 없지! 귀찮지만 일어나서 학교에 가야겠다."

"정말……?! 메릴, 이해해줘서 고맙다!"

학교에서의 내 입장을 고려해주다니.

나는 행복한 인간이다. 이렇게 아버지를 사랑하는 딸이 있어서……!

"자, 그럼——부탁해♪"

"……응? 뭔데? 왜 나를 향해 두 팔 벌리는 거야?"

"학교에는 갈 건데, 옷 갈아입기는 귀찮으니까. 아빠가 내 옷 갈아입혀줘♪ 옷도 입히고 양말까지 잘 신겨줘야 해, 알았지?"

"…………."

스스럼없이 그런 말을 하는 메릴 앞에서 나는 입을 딱 벌릴 수밖에 없었다.

——하지만 그렇게 해서 학교에 간다면, 뭐, 어쩔 수 없지. 오히려 이 정도만 해줘도 학교에 갈 의욕이 생긴다면 그나마 다행이지 않을까?

그래서 내가 메릴의 요구를 받아들여 옷을 갈아입혀주고 있었는데.

"아니, 잠깐만. 아빠. 너무 심하게 응석을 받아주는 거 아냐?"

"저도 그렇게 생각합니다."

"윽……."

안나와 엘자가 차가워진 눈빛으로 그렇게 말했다. 두 사람의 말이 정답이었으므로 나는 찍소리도 못했다.

그래, 안다. 나도 알아. 열여덟 살이나 된 딸의 옷을 갈아입혀 주는 것이 일반적인 일이 아니란 것은.

그런데도 나는 자꾸만 그 응석을 받아주고 말았다.

"에헤헷―. 있잖아, 나 공주님이 된 것 같아―♪"

메릴은 기막혀하는 주위의 반응에도 아랑곳하지 않고 행복하게 마음껏 어리광을 부리고 있었다. 안나와 엘자의 차가운 눈빛 따위는 보이지도 않는 것처럼.

제2화

나는 메릴의 옷을 다 갈아입히고, 그 아이를 업어서 마법 학교로 데려갔다.

학교 건물까지 가는 동안에 많은 학생과 마주쳤다. 기이한 것을 보는 듯한 시선이 내 등에 업힌 메릴에게 집중되었다.

"이봐, 메릴. 슬슬 내려서 직접 걸어가면 안 돼?"

"응─? 싫은데─."

"보는 사람들도 많잖아."

"괜찮아, 괜찮아. 마음껏 보여주자. 우리의 이 사이좋은 모습을!"

"내 말은 듣지도 않는구나……?!"

대부분 인간에게 '체면'이란 마물은 천적일 텐데, 메릴은 그 마물을 전혀 두려워하지 않았다. 좀 더 신경을 써도 좋을 텐데…….

결국 메릴은 내 등에서 내려오지 않고 교실까지 계속 업혀 갔다. 학교의 다른 학생들은 그렇다 쳐도, 같은 반 친구들은 메릴의 어리광이 얼마나 심한지 잘 알고 있었으므로 이제는 별 반응도 하지 않았다.

""카이젤 선생님!""

학생들은 메릴에게 눈길도 주지 않고 내 주위에 모여들었다. 나를 쳐다보는 그 순수하고 젊은 시선들은 반짝반짝한 선망의 빛으로 빛나고 있었다.

"카이젤 선생님은 실은 굉장한 분이셨군요?!"

"응? 느닷없이 그게 무슨 소리야?"

혹시 뭘 잘못 먹었니?

뜬금없이 칭찬을 받으니 기쁨보다는 당황스러움이 더 컸다.

"저번에 그 히드라 토벌 임무! 저희도 응원군으로 참가했는데, 카이젤 선생님이 그때 대활약을 하셨잖아요."

"아, 그거?"

저번에 왕도를 습격하려고 나타났던 재해 수준의 마물——히드라.

그놈의 토벌 임무에는 기사단과 모험가들뿐만 아니라 마법 학교 학생들도 참가했었다.

괴롭고 힘든 싸움이었지만, 다친 사람은 있어도 죽은 사람은 한 명도 없었다. 왕도도 아무런 피해 없이 무사했고.

"선생님은 기사단에서 교관 일도 하신다고 들었는데, 마법만 잘하시는 게 아니라 검술 실력도 좋으셨군요. 깜짝 놀랐어요!"

"뭐, 굳이 따지자면 내 본업은 검사니까."

모험가 시절에는 쭉 검사로 활동했었다.

솔직히 말하자면 마법은 그냥 가볍게 공부했을 뿐이다. 진정한 재능——이를테면 메릴 같은 사람과 비교하면 한 단계, 두 단계는 더 낮은 수준이었다.

그러니까 나 자신은 전혀 굉장하다고 생각하지 않았다.

"에헴——. 우리 아빠는 굉장하거든——?"

메릴은 코밑을 손가락으로 쓱 문지르면서 나보다 더 자랑스러워하고 있었다.

"아, 그런데 또 심각한 딸 바보이지만요" 하고 학생이 쓴웃음을 지었다.

"윽. 그 점에 관해서는 반박할 말이 없구나……."

이미 메릴을 업고 등교했으니, 뭐라고 반론해봤자 설득력이 없을 것이다. 교사로서는 그렇다 쳐도 부모로서의 체면이 말이 아니었다.

"아니, 그나저나. 히드라는 전송용 마법진을 통해 소환된 거잖아요? 설마 그런 재해 수준의 마물을 소환할 수 있는 마법사가 존재할 줄이야……."

"현자급 마법사가 아니면 불가능한 거 아냐?"

"아, 미리 말해두는데, 난 아니야. 알지?"

"어, 응. 널 의심하는 것은 아니야. 메릴은 왕도를 습격할 이유가 없으니까. 그렇게 좋아하는 아버지가 있는 곳을 파괴하려고 할 리가 없지."

같은 반 친구들은 그 점에 관해서는 완벽하게 동의하는 듯했다. 메릴의 파더 콤플렉스에 대한 신뢰감이 대단했다.

……그것도 좀 이상하지 않니?

"히드라를 소환한 것은 메릴과 동급이거나, 어쩌면 그보다 더 뛰어난 마법사인 거잖아? 그런 마법사가 진짜로 존재하긴 해?"

"한 명 있어. 내가 아는 녀석 중에 최고의 마법사가."

"아니, 마릴린 교장 선생님. 왜 이런 곳에……."

쉰 목소리를 듣고 돌아봤더니, 그곳에는 어린 소녀가 있었다.

학교 강사가 입는 제복——그 위에 마법사의 로브를 걸치고 있었다.

겉모습은 어린 소녀이지만, 이 여자는 진정한 이 학교의 우두머리다. 여기 있는 사람 중에서 키는 제일 작아도 지위는 누구보다도 높은 인물이다.

"교장실에 혼자 있으면 적적하잖아. 그래서 다들 어쩌고 있나 보러 왔다."

"교장 선생님! 언제 봐도 참 작고 귀여워~♪"

"인형 같아서 보기만 해도 기분이 좋아지지 않아—?"

이봐, 잠깐만.

교장 선생님을 상대로 그렇게 경솔한 말을 해도 되는 거야?

"후후. 나는 이 학교의 마스코트이니까. 깜찍한 교장 선생님인 거지. 그대들은 잘 알고 있구나."

의외로 싫지도 않은 것 같았다!

"마릴린 교장 선생님. 정말 괜찮으세요?"

"본디 교장이라고 하면, 주변 사람들이 지나칠 정도로 공손하게 구니까. 그보다는 좀 뻔뻔하게 허물없이 구는 것이 더 기쁘기도 한 것이다."

"아, 네. 그런가요……?"

"——그렇군. 유익한 이야기를 들었다."

"노먼?"

다른 방향에서 불쑥 끼어드는 낮은 목소리.

안경다리를 쑥 밀어 올리면서 자신만만하게 웃는 그 남자의 정체는 노먼. 마법 학교 강사로 일하고 있는 내 동료였다.

"이것은 소위 임금님 이론이구나."

"임금님 이론이 뭔데?"

"소설 속 주인공이 높으신 분 앞에서 두려워하지 않고 건방진 말을 하면, '재미있는 녀석이구나!' 하고 호감을 얻게 된다는 거. 있잖아? 그거다."

"아, 이따금 있지, 그런 이야기가."

"나도 그 이론을 이용해서, 교장 선생님을 허물없이 대함으로써 호감을 얻어 봐야겠다. 그래서 급료를 올려 달라고 하는 거지."

"흑심이 너무 잘 보이는데."

"와~ 교장 선생님, 요즘 어때요~?"

노먼은 마릴린과 어깨동무를 하고 친밀하게 몸을 딱 붙였다.

그리고 마릴린의 부드러운 뺨을 자꾸만 콕콕 찔러댔다.

노먼의 이론이 옳다면, 그런 행동을 함으로써.

『나를 이토록 거리낌 없이 대하다니, 넌 재미있는 녀석이구나. 좋아. 급료를 올려주마.』

그렇게 되어야 할 텐데——.

퍽!

그 직후, 노먼은 허공을 날아가고 있었다.

얻어맞은 것이다.

불꽃놀이 폭죽처럼 높이 올라간 노먼은 바닥에 털퍼덕! 하고 심하게 부딪쳤다. 엉덩이를 쑥 내민 자세로 엎드려서 신음하듯이 중얼거렸다.

"대, 대체, 왜……."

"허물없이 구는 것도 정도가 있다. 더군다나 그대는 소설 속 주인공이 아니지 않느냐. 현실과 픽션을 혼동하지 마라."

어처구니없다는 듯이 말하는 마릴린.

아마도 노먼의 급료는 오르지 않을 것 같았다. 그저 타격만 받았을 뿐.

"아니, 그보다도 아까 그 이야기 말인데요."

그러면서 이 반 학생이 노먼에게서 시선을 떼고 아까 하던 이야기를 계속했다.

"메릴과 동격인 마법사라니, 그게 누구죠……?"

"에트라이니라."

"" ──?!""

마릴린이 그 이름을 언급한 순간, 학생들이 술렁거렸다.

"에트라? 역대 최강의 마법사라고 칭송받는 그 에트라 님 말씀이세요?"

"음, 그래. 에트라는 과거에 내 제자였으니까. 뭐, 말은 그렇게 해도 스승인 나를 순식간에 앞질러 가버렸지만."

"네? 에트라 님을 가르쳤다고요? 교장 선생님, 도대체 몇 살이에요……?"

"그건 비밀이다. 내 나이는 중요한 것이 아니야."

"마법사의 역사는 에트라 님 이전과 이후로 나뉜다는 이야기까지 있을 정도이니까요. 확실히 히드라를 소환하는 것도 가능할지도 몰라요……!"

학생들 사이에서도 에트라의 이름은 널리 알려진 모양이다.

에트라는 메릴과는 달리 세상 사람들을 위해 마법을 행사하지는 않았지만, 그 압도적인 재능은 모두가 인정할 정도였다.

옛날에 나에게 마법을 가르쳐준 사람도 에트라였다.

에트라라는 대마법사를 옆에서 지켜봤기에 나는 나 자신이 마법사로서는 대성할 수 없다는 사실을 깨닫고 말았다.

진정한 실력자는 주변 사람들의 인생을 비틀어놓는 것이다.

"그런데 히드라를 소환한 것이 에트라 님이라면, 그분이 대체 왜 왕도를 습격하려고 한 걸까요?"

"글쎄. 그 녀석은 옛날부터 상식을 벗어난 인간이었으니까―. 에트라가 무슨 생각을 하는지는 나도 전혀 모르겠구나."

제3화

나는 수업을 하면서 에트라를 생각했다.

옛날에 우리는 같은 파티에 소속된 동료였다.

나름대로 오랫동안 같이 붙어 다녔지만, 나도 에트라를 잘 안다고 말하기는 어려웠다.

다만 '상식을 벗어난 인간이다'라는 견해는 교장 선생님과 일치했다.

에트라는 '속세'를 싫어했다. 천재인 에트라는, 천재가 아닌 일반인들 때문에 불쾌한 일을 잔뜩 경험했기 때문이다.

메릴과는 달리 에트라는 세상 사람들을 위해 마법을 사용한 적은 없었다. 언제나 자기 자신을 위해서만 마법을 사용했다.

──학교 사람들은 모두 에트라가 적의를 품고 왕도를 습격했다고 생각했다. 하기야 속세를 싫어하는 에트라라면 그런 동기가 성립될 것이다.

그러나.

동료로서 같이 지냈던 내 생각은 달랐다. 뭔가 다른 이유가 있을 거란 생각이 자꾸만 들었다. 내가 그냥 그렇게 믿고 싶을 뿐인지도 모르지만.

"그 녀석을 만나게 되면 직접 물어볼 수 있을 텐데……."

전송용 마법진을 설치해서 히드라를 소환한 사람이 에트라라고 추측하긴 했지만, 에트라의 현재 위치는 아직 알아내지 못했다.

에트라는 총명한 여자였다. 꼬리를 밟힐 만한 실수도 안 할 것이다.

"카이젤 선생님—. 왜 그렇게 멍하니 있어요?"

"——아, 미안하다. 잠깐 생각을 좀 하고 있었어."

아차, 실수했구나. 수업에 집중해야지.

강의를 들어주는 학생들에게도 못 할 짓이다.

"흥, 어차피 야한 상상이나 하고 있었던 거 아냐—? 너 돈 받고 일하는 거잖아? 돈 받은 만큼은 열심히 일해야지, 응—?"

수강생 측에서 기세 좋게 야유하는 소리가 들렸다.

어라? 이렇게 왕도의 의회 의원 같은 야유를 하는 학생이 우리 반에 있었던가?

나는 반사적으로 그 소리가 난 곳을 돌아봤다. 그러자 건방지게 다리를 책상 위에 척 올려놓고 의자에 기대어서 몸을 뒤로 젖히고 있는 학생이 눈에 띄었다.

——저놈은 뭐야?! 엄청나게 불량한 태도잖아!

"어이. 너희들도 좀 더 적극적으로 말해봐. 솔직한 심정을 큰 소리로 말해보라고."

그 여자는 다른 학생들을 부추겼는데, 주변 사람들은 그저 질린 것 같았다. 그 모습을 본 나는 놀라서 숨이 멎는 줄 알았다.

"——아니 잠깐, 에트라잖아?!"

""네?!""

내가 그렇게 소리를 지르자, 교실에 있던 학생들이 화들짝 놀랐다. 그곳에 있는 사람들의 시선이 일제히 에트라에게 집중됐다.

"음냐……?"

책상에 엎드려 있던 메릴이 그 소란 때문에 눈을 떴다.

너, 지금까지 자고 있었어?

"아, 아니, 이 비실비실한 인간이 그 유명한 에트라 님이라고?!"

"잠깐만, 도대체 언제부터 있었던 거야? 전혀 눈치를 못 챘는데……!"

"야, 이놈들아. 지금 나를 보고 비실비실한 인간이라고 말한 거누구냐? 이리 나와 봐. 지팡이로 엉덩이를 후려 패줄 테니까."

지팡이를 꺼내더니, 털을 곤두세운 고양이처럼 상대를 위협하는 에트라.

넘쳐흐르는 자신감을 보여주는 듯한 금빛 머리카락.

딱 봐도 기가 세 보이는 얼굴.

슬렌더(신중한 단어 선택) 몸매.

그 모습은 내가 기억하는 18년 전의 에트라의 모습과 완전히 똑같았다. 마치 에트라 혼자만 시간의 감옥 속에 갇혀 있었던 것 같았다.

"카이젤. 오랜만이구나. 네가 이 마법 학교 강사로 일한다는 소식을 들어서, 어떻게 하고 있나~ 하고 놀리려고 왔다."

그녀는 선명한 금빛 머리카락을 쓸어 올리면서 자신만만하게 웃는 얼굴로 나를 쳐다봤다.

"아까 그건 놀리는 게 아니라 야유 같았는데……. 아니, 그보다

굳이 마법까지 써서 학생 사이에 숨어든 거야?"

"뭐, 그렇지. 아무한테도 안 들키더라? 맥 빠지게."

에트라는 흥 하고 코웃음을 치더니 말을 이었다.

"이 학교의 보안은 허점투성이야. 외부인의 침입을 막는 결계는 있었지만, 그 정도는 쉽게 돌파할 수 있었는걸."

""……!""

히드라를 소환한 사람이 에트라라는 정보를 이미 알고 있기 때문일까.

주위의 학생들은 에트라에게서 멀리 떨어져 임전 태세를 갖췄다.

그 모습을 본 에트라는 학생들을 차가운 눈동자로 쳐다봤다.

"관두는 게 좋을걸. 아직 수십 년이나 남아 있는 수명을, 지금 여기서 쓸데없이 낭비할 이유는 없잖아?"

그 냉정하고 무자비한 말투에 학생들은 압도되고 말았다.

사방팔방에서 수없이 쏟아지는 적의에 노출되었는데도 에트라는 전혀 동요하는 기색이 안 보였다. 그 태도는 잔잔한 바다처럼 침착하기만 했다.

그러자 다들 압도적인 수준 차이를 느낀 것 같았다.

"그 녀석의 말대로다. 학생의 능력으로 대처할 수 있는 상대가 아니야."

드르륵 교실 문이 열리더니 누군가가 나타났다. 마릴린이었다.

"어머나. 마릴린이네? 넌 하나도 안 변했구나?"

"에트라. 그건 너도 마찬가지 아니냐. 누군가가 결계를 돌파한 것을 감지했거든. 혹시나 하고 여기 와봤더니⋯⋯."

마릴린은 휴 하고 한숨을 내쉬고 에트라를 쳐다봤다.

"엉뚱하고 예의 없는 그 태도는 여전하구나."

"너도 하나도 안 변했어. 예나 지금이나 어린 소녀로 살고 있네?"

"나는 평생 팔팔하게 살 거야. ⋯⋯그동안 쭉 종적을 감췄으면서, 이렇게 갑자기 다시 나타나다니. 무슨 속셈인 거냐?"

"글쎄. 뭐, 일단 한 가지는 말해줄게. 난 아주 건강하게 지냈어."

"흥. 그 삐뚤어진 성격도 여전하구나. 하기야 변함이 없다는 것은 건강하다는 증거일 테니까. 난 오랜만에 그대를 만나서 기쁘다."

"난 별로 그렇지도 않지만."

"그런데 그대에게 꼭 물어보고 싶은 것이 있구나."

"물어보고 싶은 것이라니?"

"에트라. 히드라를 소환한 것은 너냐?"

내가 교장 선생님의 말을 이어받는 형태로 질문을 던졌다.

에트라는 나를 쳐다보더니, 잠시 침묵하다가 곧 사악한 미소를 지었다.

"──응, 맞아. 전송용 마법진을 설치해서 히드라를 소환한 것도, 왕도를 습격하게 만든 것도 나야."

──역시 그랬구나.

거의 확신하고 있었지만, 막상 본인의 입으로 직접 들으니 충격이었다.

"……왜 그런 짓을 했어?"

"후후. 카이젤. 너 나한테 관심이 많아 보인다?"

에트라는 놀리는 것처럼 웃었다.

"너도 알잖아? 내가 순순히 남의 말을 들을 인간이 아니란 것을. 지난 십수 년 사이에 잊어버린 거야?"

"아니, 단 한 번도 잊어본 적이 없어."

누구든 가리지 않고 허물없이 대하는 사람이 있는데, 에트라는 그와는 정반대의 위치에 있는 인간이었다. 에트라는 극단적으로 상대를 가리는 타입이었다.

자신이 인정하지 않는 상대의 말은 죽어도 안 들었다.

"그래? 그럼 말이 잘 통하겠네. 나랑 내기하자. 그래서 네가 이기면, 네가 알고 싶어 하는 것은 뭐든지 다 이야기해줄게."

"여전히 넌 내기를 좋아하는구나. 그러고 보니 도박은 아직도 계속해?"

"당연하지. 지면 당장 내일부터 찢어지게 가난하게 살아야 한다——그런 극한의 내기를 할 때, 나는 살아 있다는 것을 실감하게 되거든."

"…………."

같은 파티 멤버였을 때부터 에트라는 도박을 매우 좋아했다. 의뢰를 달성해서 얻은 돈을 모조리 도박에다 퍼붓는 일도 비일비재했다.

그래서 자주 무일푼이 되어 가난하게 살아야 했다.

에트라 왈——일확천금을 하느냐 마느냐는 중요하지 않다고 한다.

『너도 한번 경험해보면 알게 될 거야. 극한의 내기를 해서 이겼을 때 뇌내 마약이 마구 분비되는 그 행복한 기분을. 진짜로 뿅 간다니까. 후후후.』

눈이 충혈된 채 열변을 토하는 에트라는 그야말로 완벽한 중독자였다.

천재 마법사인 에트라는 마법으로 뭐든지 다 할 수 있기에, 불확실성이 높은 도박에 푹 빠져버린 것 같았다.

그녀를 보고 파티 멤버 모두가 '나는 저렇게 되지 말아야지'라고 생각했을 정도다.

"내기라니, 뭔데? 우리 둘이 마법 결투라도 하자는 거야?"

"너 바보니? 그러면 내가 당연히 이기잖아. 천재니까. 처음부터 결과가 정해져 있는 내기는 해봤자 조금도 재미없어."

"그럼 어쩌자고?"

"너 말이야. 이 학교 강사잖아?"

"응."

"그럼 이렇게 하자. 우리 둘이 똑같은 레벨의 학생들을 2주일 동안 지도해서, 그 애들끼리 결투하게 하는 거야."

"내 지도력을 시험해보겠다는 건가."

"맞아. 이 방법이라면 우리가 직접 결투하는 것보다도 도박성이 있을 테지. 다소 뇌내 마약이 분비될지도 몰라."

"'뇌내 마약이 분비되느냐 마느냐'를 행동 기준으로 삼지 마."

도박에 너무 심하게 지배당하고 있는 거 아냐?

"……그래, 좋아. 그 내기에는 응할게. 물론 네 이야기도 듣고 싶은데, 또 학생들에게도 현자의 지도를 받는 것은 귀중한 기회일 테니까."

"후후. 그래, 당연히 그러셔야지."

"어, 그래서? 각자 담당하는 학생은 어떻게 정해? 마법 실력이 엇비슷한 학생들을 골라야 할 텐데. 내가 추천할까?"

"그럴 필요 없어. 딱 보면 아니까."

그렇게 말하더니 에트라는 주위에 있는 학생들을 힐끗 봤다. 그리고 손에 들고 있던 지팡이 끝으로 두 명의 학생들을 가리켰다.

"──거기 너랑, 너. 정확히 역량이 같구나. 좋아, 정했어. 앞으로 2주일 동안 철저히 지도해주마."

"와……."

나는 에트라의 선출 장면을 보고 무의식중에 감탄했다.

에트라가 선택한 두 사람은, 내가 담당하고 있는 이 반에서 마침 엇비슷한 마법 실력을 가진 학생들이었기 때문이다.

수업을 담당하면서 내가 시간을 들여 알게 된 그 사실을.

에트라는 한눈에 간파해버린 것이다.

"훌륭하군."

"현자를 우습게 보지 마. 초일류 인간은 실력뿐만 아니라, 옥석을 가리는 안목도 가지고 있는 법이야."

에트라는 당연하다는 듯이 그런 말을 뱉었다.

자신감이 넘치는 녀석인데, 그에 상응하는 실적도 가지고 있었다.

나는 에트라에게 선택받은 학생들을 쳐다봤다.

"방금 그 이야기는 들었지? 어, 그런 사정이 있어서. 미안하지만 너희 둘 다 협력해주면 고맙겠는데⋯⋯."

"네! 그러면 협력해드릴게요!"

"카이젤 선생님이나 현자님의 지도를 받는 것은 귀중한 기회이니까요."

학생들은 둘 다 승낙해줬다.

착한 아이들이라 다행이다.

"좋아, 대충 정해진 것 같네."

그렇게 말하더니 에트라는 몸에 두른 로브 자락을 휘날렸다.

"자, 그럼. 당장 시작해볼까? 나와 너. 누가 더 훌륭한 지도자인지, 어디 한번 겨뤄보자!"

과장된 제스처를 취하면서 개전을 선언하려고 하는 에트라.

그러나──.

"아, 미안. 당장은 안 돼."

"──뭐?"

내가 그렇게 말하자, 기세가 꺾인 에트라는 어안이 벙벙해졌다.

"어, 왜 그래? 겁먹은 거야?"

"그건 아니야. 오늘 강사 일은 오전까지만 하고 끝이거든. 오후에는 모험가로서 바쁘게 임무를 수행하러 다닐 예정이야."

"나 참, 그딴 것은 그냥 빼먹으면 되잖아?"

"우리 둘째 딸이 길드 마스터야. 그래서 의뢰를 다 처리하지 못하면 야근 지옥에 갇혀버린대. 아버지로서 그런 딸을 내버려 둘 수는 없어."

그러면서 나는 말을 이었다.

"자, 이해했지? 그럼 우리의 대결은 내일 이후에 시간이 나면 하자."

"아니, 저기! 잠깐만!"

에트라는 나를 불러 세웠다.

"이런 대결이란 것은 기세가 중요하잖아?! 밤낮을 가리지 않고 정신없이 몰두하는 기개를 보여줘야지, 응?!"

"젊었을 때는 가능했을 테지만, 어른이 되면 좀처럼 그럴 수가 없거든. 대결을 하기 전에 우선 일상적인 일부터 처리해야 해."

가족도 있으니까. 나 혼자서 폭주할 수는 없다.

"자, 그럼 난 간다."

"…………."

마침 수업 시간이 끝났으므로 나는 빙글 돌아섰다. 다음 일터로 가려고 걸음을 뗐다. 에트라는 그 뒷모습을 아연한 표정으로 바라보고 있었다.

제4화

모험가 길드에 들어갔다.

직원들은 모두 다 엉덩이에 불이라도 붙은 것처럼 정신없이 뛰어다니고 있었다.

그중에는 낯익은 얼굴도 있었다.

"히잉~."

모니카가 울상을 지으면서 서류를 나르고 있었다.

습관적으로 농땡이를 치는 모니카가 그러지도 못할 정도로 바쁘다니.

——이건 정말로 아무나 붙잡고 도와 달라고 할 만한 상황이구나.

모험가 길드는 2층 건물이었다. 1층에는 접수처, 의뢰서가 붙어 있는 게시판이 있었고, 2층 부분은 통째로 술집으로 쓰이고 있었다.

일종의 집회소이기도 한 그 2층 술집으로 향했다. 그곳에는 이미 만나기로 한 사람이 와 있었다. 그는 뚱한 얼굴로 테이블에 혼자 앉아 있었다.

"레지나."

내가 말을 걸자, 옛 동료는 고개를 들었다.

"……이제야 왔냐?"

"강사 일이 좀 늦게 끝났거든. 기다리게 해서 미안해."

"이 정도는 기다린 것도 아니지. 왜냐하면 네가 왕도를 떠난 다음부터 나는 18년 동안이나 기약도 없이 기다렸으니까."

이건 레지나가 나름대로 내 편을 들어주는 건지, 아니면 비꼬는 건지……. 잘 모르겠지만, 어쨌거나 나는 쓴웃음을 지을 수밖에 없었다.

"아, 아빠. 왔어?"

아래층에 있던 안나가 나를 발견하고 2층 술집으로 뛰어왔다.

"아빠, 내 말 좀 들어봐. 레지나 씨는 말이지, 혼자서는 절대로 의뢰를 안 받아준다니까?"

"난 지금 모험가 길드와 전속 계약을 맺은 게 아니다. 의뢰를 스스로 선택하는 것은 당연한 권리야."

그러면서 레지나는 말을 이었다.

"나는 조직원이 아니다. 프리랜서야. 의뢰를 받을지 말지는 내마음이다. 그 대신 아무것도 보장을 받지 못하는 거고. 그렇지?"

"읔…… 그건, 옳은 말이지만."

안나는 기가 죽었다.

"오히려 카이젤처럼 정 때문에 일을 해주는 모험가가 잘못된거야. 나는 내가 받고 싶은 의뢰가 아니면, 받아줄 생각이 없다."

"그게 우리 아빠랑 같이 받는 의뢰란 말이지?"

"이 녀석과 같이 수행하는 임무는 다소 의욕이 생기거든."

"그렇겠지. 아무한테도 방해받지 않고 단둘이 있을 수 있으니까."

"아, 아냐! 그런 뜻이 아니다! 피가 끓고 살이 튄다는 뜻이다!

나를 연애에만 관심 있는 여자처럼 취급하지 마!"

"앗, 잠깐만! 테이블 치지 마. 부서지잖아."

안나는 곤란하다는 듯이 이야기하더니 말을 이었다.

"그렇게 동요하는 것을 보면, 더더욱 그게 진짜인 것 같은데?"

"난 동요한 적 없어! 지금 나는 분노를 표출하고 있는 거다!"

"아~ 네, 네. 방금 떨어져서 부서진 식기 값은 당신의 보수에서 제하고 줄게."

"와, 기가 막히네. 자기보다 나이도 어린 꼬맹이한테 실컷 농락당하고 있는 거야?"

"―――윽."

내 등 뒤에서 한숨 섞인 목소리가 들려오자, 레지나는 그 목소리에 반응했다.

그동안 아무도 신경 안 썼던 나의 등 뒤에 레지나의 시선이 꽂혔다. 그리고 그곳에 서 있는 에트라의 모습을 포착했다.

"……누군가 했더니. 뭐야, 에트라였냐?"

"흥. 역시 넌 속지 않나 보군."

에트라는 그렇게 말하더니 손가락을 딱! 튕기면서 자신에게 걸었던 은둔의 마법을 풀었다. 주위에 있는 인간들에게도 에트라의 모습이 보이게 되었다.

안나에게는 아마 에트라가 불쑥 나타난 것처럼 보였을 것이다.

"―――어?! 누, 누구세요?!"

마치 싫어하는 벌레가 옷 속으로 들어왔을 때처럼 화들짝 놀랐다.

"이 은둔 마법을 사용하면 주변 사람들에게 자기 모습이 안 보이게 돼. 저 아래 있는 모험가들은 아무도 나를 눈치채지 못했다. 그런데 너는 보였나 봐?"

"그런 어중이떠중이들과 나를 똑같이 취급하지 마. 그 정도는 기적으로 감지할 수 있어. A랭크 모험가쯤 되면 기본이야."

레지나는 그런 말을 툭 내뱉더니.

"그나저나 참 오랜만에 보는구나. 마지막으로 만난 지 10년도 넘었나?"

레지나도 에트라를 만나는 것은 오랜만인가 보다.

"네 모습은 달라지지 않았구나. 그것은 마법의 힘인가?"

"뭐야, 실례잖아. 난 영원한 열일곱 살이야."

에트라는 의기양양한 표정으로 머리카락을 쓸어 올렸다.

여담인데 에트라가 모험가 길드까지 따라온 이유는, 혹시나 내가 몰래 학생을 지도하는 사기꾼 같은 짓을 안 하는지 확인하기 위해서라고 한다.

"흥. 뭐, 그래. 사실 그것 자체는 아무래도 상관없는데. 에트라, 얼마 전에 히드라를 소환한 것은 너지?"

"뭐?! 진짜?!"

안나가 놀라서 소리를 질렀다.

"오~. 너도 내 암시를 눈치챈 거야?"

"그렇게 엄청난 규모의 전송 마법을 사용할 수 있는 인간은 그리 흔하지 않으니까."

"너희들이 싸우는 장면도 봤어. 검술 실력은 녹슬지 않은 것 같던데? 하긴, 나의 옛 동료이니까 그 정도는——으, 으억?!"

이어지는 뒷말은 안나에 의해 억지로 막혀버렸다.

성큼성큼 에트라에게 다가간 안나가 마치 귀신에라도 썬 것처럼 덥석 에트라의 멱살을 잡았기 때문이다.

"어?! 아앗?! 이봐, 너 뭐 하는 짓이야?!"

"그건 내가 할 말이야! 당신이 히드라를 소환하는 바람에! 우리는 그 뒤처리를 하느라 죽을 것 같거든?!"

"뭐?!"

"날마다 야근, 야근, 그놈의 야근 지옥에서 벗어나질 못하고 있다고! 당신이 무엇을 꾸미든지 상관은 없는데, 그 뒤처리를 우리한테 떠넘기지 말라고!"

에트라가 소환한 히드라를 토벌한 후, 안 그래도 많았던 모험가 길드의 업무는 한층 더 늘어나고 말았다.

그래서 안나는 연일 야근 지옥에 갇혀 있었는데.

쌓일 대로 쌓인 그 스트레스의 원흉이 지금 눈앞에 있는 에트라라는 것을 알게 된 순간, 안나의 인내심이 한계에 다다라 폭발했나 보다.

키 큰 안나에게 멱살을 잡힌 에트라의 두 다리는 허공에 떠 있었다.

"수, 숨 막혀……! 카이젤! 얘는 네 딸이잖아?! 멍하니 구경만 하지 말고 빨리 말려봐!"

"어, 저기. 안나. 슬슬 그만——."

"아빠는 가만히 있어!"

"아, 네."

안나의 일갈. 나는 내 의견을 개입시킬 권리를 잃어버렸다.

"미안. 에트라. 나는 더 이상 아무것도 해줄 수 없어."

"이, 이봐! 너무 빨리 포기하는 거 아냐?! 넌 A랭크 모험가잖아! 위기에 처한 동료를 구하란 말이야!"

"A랭크 모험가여도 나는 아버지야. 딸은 못 이겨."

"으……! 그럼 레지나! 너라도 괜찮으니까! 헬프 미—!"

"미안하지만 난 너를 도와줄 마음이 눈곱만큼도 없어."

"왜?! 아무리 그래도 옛 동료인데! 그냥 못 본 척할 거야?!"

"네가 왕도로 히드라를 보내는 바람에, 카이젤은 S랭크가 되지 못했어. 나는 오히려 안나의 편을 들고 싶을 정도야."

"크으윽…… 이건, 사면초가잖아……?! ——와, 큰일 났다. 슬슬 진짜로 숨이 안 쉬어져……."

안나의 몸을 끊임없이 탁탁 두드리면서 도움을 청하는 에트라. 기도를 압박당한 그녀의 얼굴은 어느새 삶은 문어처럼 붉어져 있었다.

"이봐. 이러다가 진짜로 질식하겠어."

"여기서 죽으면 처리하기도 귀찮잖아? 이제 슬슬 그만해."

"——하긴, 그건 그래."

안나는 그렇게 중얼거리더니, 붙잡아 올렸던 에트라의 멱살을 놔줬다.

"쿨럭. 쿨럭. 사, 살았다……."

기침하는 에트라 앞에서 안나는 위압적으로 딱 버티고 섰다.

그리고 흠칫하는 에트라를 향해 툭 내뱉듯이 말했다.

"현자인지 뭔지는 몰라도, 당신이 저지른 일의 뒷수습은 당신이 스스로 해야 해. 알았어? 자, 아빠랑 같이 임무를 수행하러 가."

"뭐라고?!"

"당신이 히드라를 소환하는 바람에 마물의 움직임이 활발해졌잖아. 그러니까 그 뒤처리를 당신이 도와줘."

"현자인 나를 마구 부려 먹으려고 하다니, 배짱이 두둑한 녀석이구나."

호흡을 가다듬은 에트라가 입꼬리를 끌어 올리면서 말을 이었다.

"분명히 말해두는데, 나는 히드라를 소환해 왕도를 습격했어. 그러니까 난 너희들의 적일지도 몰라. 알지?"

"적이든 뭐든 상관없어. 난 나를 야근 지옥으로 몰아넣은 원흉을 용서하지 않을 거야. 이 노동의 길동무로 삼아줄게."

"뭐야? 이 녀석의 박력…… 내가 이렇게 압도되다니……!"

반론을 불허하는 안나의 안광 앞에서 에트라는 겁을 먹었다.

"에트라. 뭐, 이것도 나쁘진 않잖아? 넌 도박만 하니까. 어차피 가진 돈도 별로 없지?"

"……흥. 지금은 그렇지. 하지만 오늘 밤 카지노에서 10배로 불어날 예정이야."

"희망적인 관측은 '가진 돈'으로 세지 않아."

게다가 넌 질 게 뻔하잖아.

중간에 한두 번 어쩌다 이길 때는 있어도, 에트라가 도박에서 최종적으로 이기는 모습은 지금까지 한 번도 보지 못했다.

과거에 현자로 칭송받았던 에트라. 그러나 실제 생활 방식은 어리석기 짝이 없었다.

"모험가의 임무를 수행하면 틀림없이 돈을 벌 수 있을 거야."

"그렇게 일해서 돈을 벌어봤자 전혀 즐겁지도 않은걸. 사느냐 죽느냐, 그런 불확실성이 있기에 재미있는 거라고."

"모험가의 임무도 사느냐 죽느냐 아닌가? 불확실성이 있잖아."

안나가 그렇게 지적하자, 에트라는 코웃음을 쳤다.

"너 바보구나? 현자인 내가 고작 임무를 수행하다가 죽을 리가 없잖아. 재해 수준의 마물이 한꺼번에 덤벼들어도 다 물리칠 수 있어."

"그래? 그럼 안심하고 임무를 맡길 수 있겠네."

"앗!"

에트라가 큰 소리를 질렀다.

"너 뭐야?! 지금 날 함정에 빠뜨린 거야?!"

"아니, 네가 스스로 들어간 거지. 방금 그건."

레지나가 어이없다는 듯이 중얼거렸다.

"자, 쓸데없는 잡담은 그만하고. 어서 임무를 수행하러 가. 미리 말해두는데, 오늘은 지금부터 반나절 내내 죽어라 일해야 할 거야. 알았지?"

그렇게 안나가 무자비하게 선고했다.

"뭐?! 난 아직 일한다는 말은 한마디도 안 했는데?"

"잡담이나 할 시간 없어. 빨리 가자."

"자, 잠깐만! 내 이야기를 좀 들어봐! 이봐, 나를 끌고 가지 말라고—!"

레지나한테 질질 끌려가는 에트라. 나는 쓴웃음을 지으며 그 뒤를 따랐다. 오늘 임무는 평소보다 더 시끌벅적할 것 같았다.

저녁.

토벌 임무를 마치고 모험가 길드로 돌아왔다.

"아빠, 레지나 씨. 고생했어."

보고를 하러 접수처로 갔더니, 안나가 그렇게 노고를 위로해 줬다.

"잠깐만. 내 노고는 위로해주지 않는 거야?"

에트라가 항의를 했다.

"당신은 애초에 자업자득인 거잖아? 자신이 어지른 것은 스스로 치우는 게 당연하지."

"아니, 아무리 그래도. 예를 들어 어린아이가 장난감 상자를 엎었다가 스스로 치운다면, 제대로 칭찬을 해줘야 하는 거 아냐?"

"하지만 당신은 어린아이가 아니잖아? 나이도 먹을 만큼 먹었으면서. 왜 그렇게 멍청한 소리를 해?"

안나가 냉정하게 지적했다.

""?!?!""

나이도 먹을 만큼 먹었다——.

그 한마디에 우리 모두 따귀라도 맞은 듯한 충격을 느꼈다.

"안나. 그 말은 우리한테도 타격을 주는데……."

옆을 봤더니, 레지나도 낭패한 표정을 짓고 있었다.

우리는 모두 다 정신적으로는 스무 살 정도에 머물고 있었다.

스스로는 아직 청년이라고 생각하고 있었다.

하지만 세상 사람들이 보기에는 이미 충분히 나이를 먹을 만큼 먹은 것이다——. 세월의 잔인함이라는 것이 나이프처럼 우리의 가슴에 푹 박혔다.

그 어떤 마물의 공격보다도 안나의 한마디가 더 날카로웠다.

"나, 나는, 영원한 열일곱 살이야……."

에트라가 현실 도피를 하려는 것처럼 그렇게 중얼거렸다.

실제로 에트라의 겉모습은 소녀처럼 어려 보였지만, 실제 연령은 우리와 마찬가지였다. 안나의 말대로 '나이를 먹을 만큼 먹은 것'이다.

"뭐, 아무튼. 아빠. 임무 수행 도중에 무슨 일이라도 있었어? 평소에 레지나 씨와 둘이서 일하러 갔을 때보다도 시간이 더 걸렸는데."

"아, 응. 이런저런 일이 있어서."

"에트라가 우리를 방해했거든."

"뭐?!"

레지나가 그렇게 중얼거리자, 에트라가 소리 높여 이의를 제기했다.

"왜? 사실이잖아. 나랑 카이젤의 콤비네이션은 완벽했어. 네가 멍청하게 마법을 발사하지만 않았어도 훨씬 더 빨리 끝났을 거다."

"아니, 너희들이 꾸물거린 게 문제였잖아?!"

에트라가 흥! 하고 기막히다는 듯이 말했다.

"애초에 넌 전투 도중에 카이젤을 지나치게 의식하거든? 너희 둘만의 세계에 푹 빠진 듯한 표정을 짓고 있으니까. 그게 짜증 났단 말이야."

"뭐엇——?!"

지적을 당한 레지나는 얼굴이 새빨개졌다.

"아, 맞다. 넌 옛날부터 카이젤에 대해서는 그런 경향이 있었지. 쓸데없는 감정을 전투에 집어넣지 마."

"그, 근거도 없이 아무렇게나 떠들어대지 마! 난 쓸데없는 감정 따윈……! 전투를 할 때는, 오로지 적을 섬멸해야겠다는 생각만 한다고!"

"아~ 그건 거짓말이네요. 마법을 안 써도 다 알아. 네 머릿속은 핑크빛으로 물들었어. 겉으로는 고지식한 척하는 녀석이 알고 보면 오히려 변태라니까—."

"너, 너 이 자시이이이익!! 여기서 베어버릴 테다!!!"

"하하! 좋아! 할 수 있으면 한번 해봐!"

레지나와 에트라는 그 자리에서 당장 맞붙어 싸우기 시작했다. 그걸 본 다른 모험가들이 그 주위를 둘러싸고 환호성을 질러댔다.

모험가 길드 내부는 마치 투기장처럼 흥분의 도가니가 되었다.

"이렇게 쭉 서로 으르렁거리면서 살았어."

나는 사정을 설명하려고 안나에게 그렇게 말했다.

옛날부터 두 사람은 사이가 좋지 않았다. 틈만 나면 서로 충돌했다.

그래서 달래느라 고생했었다.

"흠, 그렇구나. 저 두 사람은 사이가 나빠 보이는데, 그 근본적인 원인은 아빠란 말이지?"

"응? 나?"

"어휴—. 역시 눈치를 못 챘구나? 응, 왠지 그럴 것 같았어. 레지나 씨도, 에트라 씨도 고생이 많네. 좀 딱하기도 해."

안나는 기막혀하는 것처럼 어깨를 으쓱하더니 말을 이었다.

"자, 그만! 그만하자!"

짝짝 손뼉을 치면서 저 시끌벅적한 무리에게 다가갔다.

"으악! 길드 마스터다! 도망쳐!"

"안나 씨한테 반항했다가는 진짜로 뒷감당이 무서우니까……. 죽을 때까지 혹사당할 거야."

"후퇴해, 후퇴해!"

강인한 모험가들한테도 안나는 무서운 존재인가 보다. 안나가 가까이 다가오자, 모험가들은 화들짝 놀라 뿔뿔이 달아났다.

"레지나 씨, 에트라 씨. 당신들도 그쯤하고 화해해."

"꼬마야. 방해하지 마."

"그래! 넌 빠져!"

그러자 안나는 말귀를 못 알아듣는 어린이를 상대하는 것처럼 어휴 하고 한숨을 쉬었다.

"길드 안에서 난동을 부리다가 건물이 부서지면 당신들이 변상해줄 거야? 못 하잖아? 그럼 그 대신 당분간 무보수로 일을 해줄래?"

"".............""

변상, 무보수로 일하기. 그런 야박한 단어들이 튀어나오자, 맞붙어 싸우던 두 사람은 마치 물벼락이라도 맞은 것처럼 후다닥 서로에게서 떨어졌다.

그들은 감정만 앞세워 폭주할 정도로 무지하지는 않았다.

제대로 뒷일도 생각할 줄 알았다.

"좋아, 착하다."

안나는 만족스럽게 그런 말을 하더니.

"자, 이건 오늘의 보수야. 넉넉하게 계산했으니까. 내일도 잘 부탁할게."

레지나와 에트라에게 각각 보수를 건네줬다.

둘 다 그것을 확 잡아채듯이 받았다.

"아, 맞다. 에트라 씨. 카지노에 갈 거야?"

"그야 물론. 설마 말리려는 건 아니겠지? 분명히 말해두는데, 내가 너한테 지시를 받을 이유는 없어."

"아니, 나도 그럴 생각은 없어. 힘내."

"흥. 당연하지. 생활비가 모이면 노동 따윈 당장 그만둘 거야."

에트라는 빙글 돌아서더니 패기 넘치게 모험가 길드 밖으로 나갔다. 성큼성큼 걸어가는 그 발걸음에서는, 일확천금에 대한 기대가 느껴졌다.

"저거 괜찮아? 저 녀석이 혹시나 대박 나면 내일부터는 여기 안 올지도 모르는데."

"괜찮아. 카지노란 것은 결국 가게 측이 이기게 되어 있거든. 빈털터리가 될 게 뻔해."

그러더니 안나는 말을 이었다.

"돈이 다 떨어지면 에트라 씨는 일할 수밖에 없을 거야. 그때 내가 돈을 빌려주기라도 하면, 내 승리는 확정된 거나 마찬가지야. 이자를 점점 늘려서, 그 빚을 갚기 위해 날마다 죽도록 일하게 할 거야. 후후후."

"야, 카이젤. 저거 봐. 네 딸이 지독하게 인정사정없는 악마로 성장했어."

"…………."

내 딸이지만 참 늠름하게 성장했구나ㅡㅡ.

자신을 야근 지옥에 빠뜨린 원흉에게 복수하기 위해, 에트라를 무보수로 부리려고 벼르는 안나의 위험한 미소를 보면서 나는 그런 생각을 했다.

제5화

다음 날부터는 에트라와의 대결을 이어서 하게 되었다.

실력이 비슷한 마법 학교 학생 두 명을 우리가 각자 지도해서, 2주일 후 누가 더 실력이 늘었는지 겨루기로 했다.

내가 담당하게 된 학생은 폴라라는 여학생이었다.

"카이젤 선생님! 오늘부터 잘 부탁드리겠습니다!"

폴라가 꾸벅 절하자, 어깨를 덮는 길이의 머리카락이 흔들거렸다.

순한 분위기. 좋은 집에서 잘 자란 듯한 기품 있는 얼굴.

마법 성적은 딱 중간이었다.

태도가 부드럽고, 싸움을 싫어하는 온화한 성격의 소유자였다.

"나야말로 잘 부탁할게. 미안하다. 괜히 우리 싸움에 말려들게 해서."

"아, 아니에요. 카이젤 선생님께 일대일로 지도를 받게 되어 영광입니다! 저, 최선을 다해 노력할게엽!"

긴장한 걸까. 폴라가 말실수했다.

부끄러운가 보다.

"아흑……" 하고 귀까지 새빨갛게 변해버렸다.

어쩐지 강아지 같은 아이구나.

저절로 지켜주고 싶어지는 훈훈함이 느껴지는 아이였다.

"폴라. 2주일 후 대결 종목이 뭔지는 이미 들었지?"

"음, 과녁 맞히기라고 했죠?"

"맞아. 제한 시간 내에 불규칙하게 움직이는 과녁을 마법으로 맞히는 거야."

이곳은 마법 학교 안에 있는 훈련장이었다.

눈앞에는 수많은 과녁이 세워져 있었다.

그 과녁들은 동력인 마도기(魔道器)를 건드리면 마력이 흘러서 불규칙적으로 이동하기 시작한다. 일정 시간 내에 그 과녁을 모조리 쏘아 맞히면 성공이다.

실전에서 적에게 마법을 명중시키기 위한 훈련이었다.

"주문 영창과 마법 발동 속도, 또 컨트롤 능력이 필요한 훈련이야. 마법사로서의 역량을 확인하기에는 딱 좋은 종목이지."

장치의 전원인 마도기를 건드렸다.

그 순간, 과녁이 불규칙하게 이동하기 시작했다.

"파이어 애로!"

내가 그렇게 외치자, 내 오른손 손바닥에서 화살처럼 날카로운 불이 발사됐다.

불꽃은 정확히 과녁 중 하나를 꿰뚫었다.

마력에 감응한 과녁은 그대로 움직임을 멈췄다.

나는 연달아 파이어 애로를 발사했다. 그것들은 불규칙하게 움직이는 과녁을 꿰뚫었다. 열 개의 과녁이 이윽고 모두 움직임을 멈췄다.

"──뭐, 대충 이렇게 하면 돼."

"우와…… 카이젤 선생님. 너무 굉장해요."

폴라는 감탄한 것처럼 한숨을 흘렸다.

"주문 영창을 단축해도 저 정도 위력을 발휘할 수 있다니. 게다가 놀라운 정확성……. 역시 선생님은 진짜 선생님이시네요!"

감탄하는 그 모습은 마치 꼬리를 흔들면서 인간에게 착 달라붙는 강아지를 방불케 했다. 프리스비를 던져주면 잽싸게 뛰어갈 것 같았다.

"응, 맞아ー. 우리 아빠는 굉장한 사람이야ー♪"

누가 어리광 섞인 소리를 내면서 뒤에서 나를 와락 끌어안았다. 돌아보지 않아도 누구인지는 알 수 있었다. 돌아보니 그곳에는 사랑하는 내 딸이 있었다.

"메릴, 왔어?"

"응, 난 아빠가 있는 곳은 어디든 찾아가니까♪"

메릴은 부끄러워하지도 않고 그런 말을 하더니 친근하게 자기 뺨을 비벼댔다. 그 모습은 인간에게 완전히 길들어서 애교를 부리는 고양이 같았다.

"저기, 있잖아ー. 지금 과녁 맞히기를 하는 거지? 나도 하게 해줘ー♪"

"응, 그래. 해도 돼."

나는 승낙하고 나서 마도기를 건드렸다.

그러자 과녁이 불규칙하게 움직이기 시작했다.

"오케이ー. 자, 아빠 앞에서 멋진 모습을 보여줘야지ー."

빙글빙글 팔을 돌리는 메릴. 의욕은 충분히 있어 보였다.

메릴은 과녁을 향해 손바닥을 들어 올리더니, 주문 영창도 안 하고 파이어 볼을 발사했다.

영창 파기 마법 발동.

파이어 볼이 눈에 안 보일 정도로 빠르게 날아갔다. 그리고 과녁에 명중하기 직전.

"휘어라!"

메릴이 휙! 하고 손가락을 움직였다.

그러자 원래 과녁에 명중해서 사라졌어야 할 파이어 볼의 궤도가 갑자기 변했다. 쉭 하고 커브를 그리면서 과녁의 표면만 스치고 지나갔다.

또 그대로 다른 과녁의 표면들을 차례차례 스쳐 지나갔다.

직격하면 파이어 볼은 그 자리에서 사라져버리기 때문에, 일부러 궤도를 바꿔서 한 발의 마법으로 여러 개의 과녁을 맞히려고 한 것이다.

결국 단 한 발의 파이어 볼로 열 개나 되는 과녁을 전부 명중시켰다.

영창 파기 & 독자적 효과 부여.

과연 에트라 이래 현자라고 칭송을 받는 마법사다웠다.

압도적인 실력이었다.

"우와아…… 메릴, 너 굉장하다……!"

"에헤헤―. 응, 그렇지―?"

칭찬을 받은 메릴은 기뻐하면서 양손으로 브이 자를 만들었다.

"아빠, 아빠도 나 칭찬해줘—♪"

"그래, 훌륭해."

나는 메릴의 머리를 쓰다듬어줬다.

"하지만 너무 훌륭한 것도 문제야. 이러면 선생님의 체면이 말이 아니잖아?"

"에이, 괜찮아. 나는 아빠가 굉장하다는 것을 알고 있으니까♪"

글쎄, 그게 중요한가?

"좋아. 그럼 이번에는 폴라, 네가 한번 해봐."

"아, 알겠습니다!"

나는 다시 마도기를 건드렸다.

정지했던 과녁에 마력이 통하자, 그것은 불규칙하게 움직이기 시작했다.

"그, 그럼, 해볼게요……!"

폴라는 가슴 앞으로 양손을 들고 주먹을 꽉 쥐더니.

"타오르는 화염이여, 만물을 꿰뚫어라——파이어 애로!"

주문 영창과 동시에 파이어 애로를 발사했다.

불화살은 지금 움직이고 있는 과녁 옆을 스치고 지나갔다.

"앗. 빗나갔다……."

"아깝네. 다음에는 명중할 거야."

"다, 다음에는, 꼭 명중시켜야 하는데……."

진지한 표정을 짓는 폴라.

중압감 때문일까. 몸이 딱딱하게 굳어 있었다.

"타오르는 화염이여, 만불……이 아니라. 만물을 께뚜러랏! 아악, 또 발음이……!"

엉망이었다.

그리고 심하게 허둥거리고 있었다.

첫 번째 공격이 빗나가서 동요한 것 같았다.

거기서부터 둑이 터지는 것처럼 단숨에 컨디션이 나빠졌다.

훈련이 다 끝났을 때는, 총 열 개였던 과녁 중에서 제한 시간 내에 명중시킨 것은 겨우 세 개밖에 안 되었다. 별로 좋지 않은 결과였다.

"아흐윽……!"

폴라는 그 자리에 쪼그려 앉아서 자기 머리를 싸쥐었다. 애벌레처럼 몸을 작게 움츠린 폴라. 그녀의 예쁘게 생긴 귀는 새빨갛게 달아올라 있었다.

"부끄러워요. 쥐구멍이라도 있으면 들어가서 묻혀버리고 싶어요……!"

"쥐구멍에 들어가는 것은 좋은데, 아예 묻혀버리는 것은 안 돼. 질식해서 죽어."

"그럼 내가 마법으로 공기를 보내줄게♪"

"아, 그래. 메릴은 친절하구나."

나는 쓴웃음을 지었다. 그리고 다시 폴라에게 시선을 돌렸다.

"첫 번째 마법을 발사할 때까지는 좋았는데. 그게 빗나간 다음부터는 멘탈이 무너져버렸어."

마법을 행사할 때 멘탈은 매우 중요하다.

체내에서 마력을 모아서 어떤 형태로 빚어내는 작업에는 섬세
함이 필요하다. 멘탈이 아주 약간이라도 흔들리면 그것이 실패로
이어지게 된다.

"으흑……. 저, 실은 옛날부터 중압감에 약했거든요……. 꼭 잘
해야 한다고 생각하면, 저절로 긴장해서……."

풀이 죽어 고개를 숙이면서 이야기하는 폴라.

폴라는 꽤 괜찮은 소질이 있었지만 무대 공포증이 심했다. 실
전 같은 상황에서는 저도 모르게 긴장하고 말았다.

약간의 긴장 집중력에 도움을 주니 괜찮지만——.

그건 긴장 가벼울 때의 이야기다.

폴라의 경우에는 확연히 실력이 저하됐다. 평상시보다 약 절반
이하의 수준으로 뚝 떨어지는 것이다.

"얼마 전에 히드라를 토벌할 때도 긴장해서 몸이 안 움직이는
바람에……. 카이젤 선생님을 전혀 도와드리지 못했어요……."

미안해하는 폴라. 의기소침해진 것 같았다.

"누구나 실전에서는 긴장하는 법이야. 특히 폴라, 넌 아직 경험
이 적잖아. 익숙해지면 별로 신경도 안 쓰게 될 거야."

"하지만 이대로 있으면 대결에서도 패배할 거예요……."

아마도 그럴 거다.

실력을 발휘하지 못한다면 승산은 거의 없다.

"제가 모자라서, 카이젤 선생님의 얼굴에 먹칠하게 될 거예요."

폴라는 점점 더 위축되고 말았다.

"으음. 메릴의 두둑한 배짱을 폴라에게도 나눠줄 수 있으면 좋을 텐데."

"메릴아. 넌 긴장은 안 해?"

"어, 그게—. 나는 살면서 긴장을 해본 경험이 없거든. 난 폴라의 기분을 전혀 이해하지 못할지도 몰라."

"그, 그렇구나……. 굉장하다……."

폴라는 놀라서 입만 벌리고 있었다.

메릴이 긴장한 모습을 나는 한 번도 본 적이 없었다.

언제나 초연하게——또 당당하게 살아가고 있었다.

중압감이라는 단어와는 완전히 거리가 멀어 보였다.

"좋겠다. 나도 메릴, 너처럼 멘탈이 강해지고 싶어. 그러면 지금보다는 좀 더 마법 실력이 나아질 텐데."

"후후후—. 그래? 그럼 좋은 방법이 있어."

"뭐?"

"요컨대 언제 어떤 상황에서나 긴장을 안 하게 되면 오케이인 거잖아? 그러면 딱 알맞은 훈련법이 있어."

메릴은 손가락을 곧게 세우면서 말했다.

"폴라야, 내가 너를 단련시켜줄까?"

"정말로 그런 방법이 있다면 제발 단련시켜줬으면 좋겠는데……. 저기, 그래도 돼? 메릴, 넌 마법 연구를 하느라 바쁘잖아."

"네가 대결에서 지면 우리 아빠가 곤란해지잖아? 그러니까 나는 아빠를 위해 협력할 거야!"

"아, 나를 위해서가 아니구나."

"응♪ 나는 아빠 말고 딴 사람은 어떻게 되든지 전—혀 관심 없거든♪"

상쾌하게 느껴질 정도로 딱 잘라 말하는 메릴.

좀 더 겉치레에 신경을 써주면 좋을 텐데.

"음, 그래. 나도 카이젤 선생님에게 폐를 끼치고 싶진 않으니까……. 메릴아! 내가 긴장하지 않는 성격이 될 수 있게 도와줘!"

동급생을 상대로 꾸벅 절을 하는 폴라. 메릴은 "그래그래, 좋다" 하고 자신만만하게 엄지를 척! 치켜들었다.

"우후훗. 나한테 맡겨!"

메릴은 '긴장하지 않기 위한 맞춤형 훈련이 있다'라고 말했는데, 도대체 뭘 어떻게 하려는 걸까.

메릴의 성격을 생각해보면.

평범한 훈련은 아닐 거란 예감이 들었다.

"불안하군……."

나도 모르게 마음의 소리가 새어 나오고 말았다.

제6화

"나, 난 못 해애애!"

왕도의 주택가.

광장 앞의 인적 없는 골목길에서 폴라의 비명이 메아리쳤다. 폴라는 훤히 드러난 양어깨를 끌어안으면서 그늘 속에 웅크리고 앉아 있었다.

"남들 앞에서 길거리 공연을 하라니. 난 절대로 그런 짓은……."

폴라의 멘탈을 단련시키기 위해 메릴이 제안한 것은 길거리 공연이었다. 사람들 앞에서 공연하는 데 익숙해지면 더 이상 긴장도 안 하게 된다는 것이다.

그 이야기를 들은 나는 깜짝 놀랐다.

의외로 일리 있는 훈련법이었기 때문이다.

다소 강행이란 사실은 부정할 수 없지만. 그래도 일단 논리적이긴 했다.

더구나 도덕성도 있었다.

메릴의 성격상, 뇌를 마법으로 건드려서 긴장이라는 감정 자체를 없애버리면 돼! 하고 말할지도 모른다고 생각했다.

하지만 내성적인 폴라에게는 이것도 충분히 황당한 의견이었나 보다. 폴라는 사람들 앞에서 길거리 공연을 한다는 것에 격렬한 거부반응을 보였다.

"남들 앞에 나서서 공연하는 것은 해본 적도 없어. 혹시나 실패했을 때를 생각하면 도저히 못 하겠어!"

"아~ 괜찮아, 괜찮아. 그냥 마법으로 불덩이를 만들어내서 저글링 같은 것을 하면 돼. 게다가 실패하면 오히려 관중이 열광하기도 해."

"뭐? 실패했는데 왜 열광을 해?"

"누군가가 실패하는 모습은 재미있기 때문이지. 예정조화*가 무너지는 순간은 현장감이 있으니까. 일부러 실패하면 관중의 흥도 다 깨지지만, 최선을 다했는데도 화려하게 실패한다면? 어쩌면 성공했을 때보다도 관중이 더 뜨겁게 열광할 가능성도 있어."

"그, 그런 거야……?"

"그럼. 더구나 많은 사람에게 주목받는 것도 익숙해지면 무척 기분 좋은 일이거든—♪ 덤으로 구경꾼들이 돈도 주니까, 진짜 최고야—♪"

메릴은 사람들 앞에 나서는 것에 대한 저항감이 전혀 없었다.

오히려 솔선해서 뛰쳐나가는 타입이었다.

그러니까 그걸 싫어하는 폴라의 감정을 조금도 이해하지 못할 것이다.

"에이~ 괜찮아. 맨 처음에만 힘든 거야. 익숙해지면 기분 좋아질걸? 자, 나랑 같이 기분 좋아지자, 응?"

"왜 그렇게 무서운 말로 권유하는 거야?!"

메릴은 폴라의 팔을 잡아당기려고 했다.

---

*'세계의 질서는 신이 미리 정해놓은 조화에 의한 것'이라는 개념

폴라는 골목길에 있는 건물 기둥에 필사적으로 달라붙더니 머리를 좌우로 열심히 흔들면서 싫어, 싫어! 하고 최선을 다해 의사표시를 했다.

"폴라, 어서―. 빨리 가자―♪"

"안 돼, 안 돼! 난 못 해! 아니, 그리고 이 의상은 뭐야?!"

"응? 의상?"

고개를 갸웃하는 메릴. 폴라는 고개를 마구 끄덕거렸다.

"아, 이 옷 엄청 귀엽지―♪"

"그런 뜻이 아니라! 저기, 이건 너무 노출이 심하잖아?! 이런 속옷 같은 의상을 입고 남들 앞에 나설 수는 없어!"

메릴과 폴라가 입고 있는 의상.

그것은 메릴이 길거리 공연용으로 특별 주문 제작한 것이었다.

어깨부터 가슴까지 시원하게 파여 있고, 또 배꼽과 허벅지도 다 드러나 있었다. 속옷 같다고 표현하는 것도 이해가 갈 정도로 노출이 심했다.

"그런가? 난 전혀 신경 안 쓰이는데."

하지만 메릴은 역시 이해를 못 하는 표정이었다.

"이렇게 입으면 오히려 내 귀여움이 돋보이잖아―?"

"넌 정말 자신감이 넘치는구나……. 그래, 너는 귀여울지도 몰라. 하지만 나 같은 인간은 절대로……."

"그래? 나는 폴라도 귀엽다고 생각하는데―. 게다가 청초한 타입의 여자애가 노출이 심한 옷을 입으면 왠지 배덕감이 느껴져서 매력적인걸."

메릴은 그렇게 말하더니 엄지를 척 치켜세웠다.

"폴라야! 지금 엄청나게 야해서 멋져 보여!"

"그런 말 들어도 하나도 안 기뻐!"

메릴의 칭찬(?)을 받은 폴라는 더더욱 소극적으로 변해버렸다.

"저거 봐. 광장에 슬슬 사람들이 모이고 있어. 지금이 길거리 공연을 할 기회야."

"안 돼, 안 돼! 죽어도 못 해애앳!"

"나 참. 이러쿵저러쿵 시끄럽네. 흥, 알았어. 억지로 끌고 가야지. 남들의 '인정(認定) 세례'를 받는 것이 얼마나 즐거운지 알게 되면, 폴라의 생각도 달라질 테니까."

"꺄아아아악! 카이젤 선생님, 도와주세요오……."

메릴에게 목덜미를 잡힌 채 광장 쪽으로 질질 끌려가는 폴라.

도와 달라면서 나한테 손을 내밀고 있었다.

……음, 확실히 과격한 치료법이긴 하지만, 껍데기를 깨고 나올 좋은 기회일지도 모른다. '도저히 더는 안 되겠다'라고 판단될 때 말리면 될 것이다.

나는 폴라를 향해 힘차게 엄지를 치켜세우고 힘내! 하는 눈빛으로 쳐다봤다.

"아아아아악! 안 돼요, 난 못 해요오오오!"

그렇게 폴라의 처절한 비명이 들려왔다.

이거 참, 과연 어떻게 될지…….

"자, 이 광장에 계신 여러분. 주목—!"

골목길에서 광장으로 뛰쳐나간 메릴이 기운차게 외치자, 광장에 있던 사람들의 시선이 일제히 메릴에게 쏠렸다.

"안녕하세요—! 메릴의 길거리 공연 시간이 왔습니다—! 오늘도 재미있는 곡예를 잔뜩 보여줄 테니까 한번 구경하고 가—."

"아. 메릴이다."

"야, 저기서 공연한대. 구경하러 가자."

광장에 있던 아이들이 속속 모여들었다.

메릴의 말을 듣고 집에서 나오는 아이도 있었다.

제법 인기가 있는 것 같았다.

메릴은 광장에 사람들이 모인 것을 보더니 만족스럽게 고개를 끄덕거렸다. 그리고 엄지와 검지를 붙여 동그라미를 그려 보이면서 말했다.

"여러분—! 관람료도 잊지 말고 내줘—♪"

"너무 급한 거 아냐—?"

"그런 말은 공연이 끝난 다음에 해야지—!"

즉시 지적이 들어왔다. 관객들은 신이 난 것 같았다.

그곳의 분위기가 달아오르는 것이 느껴졌다.

틀림없이 방금 그것은 메릴 나름대로 초반 분위기를 띄우는 기술이었을 것이다.

구경하러 온 아이들은 메릴의 등 뒤에 숨어 있는 폴라를 쳐다

보고 있었다. 그러자 관객들의 의문에 답하듯이 메릴이 이야기 했다.

"오늘은 신인을 데려왔어. 자, 소개할게. 폴라입니다—!"

"자, 잘, 부탁드립니다……."

사람들 앞에 억지로 나오게 된 폴라가 쭈뼛쭈뼛 고개를 숙여 인사했다.

"오, 좋은데? 의욕이 생겼나 봐. 주목받아서 기분 좋아진 거야?"

"아니야! 네가 나를 이런 식으로 소개했는데, 인사조차 안 하면 분위기가 이상해질 테니까……!"

"분위기를 민감하게 파악하는 것을 보면 예능인의 자질이 있네."

"흑흑. 내가 무슨 말을 해도 얘는 긍정적으로 해석하는구나!"

폴라는 울상을 짓고 있었다.

만담이라도 하는 것처럼 보였는지, 관객들은 즐겁게 박수를 치고 있었다. 분위기는 더할 나위 없이 좋았다.

"우선은 파이어 볼 저글링부터 ♪ 내가 먼저 시범을 보일 테니까, 폴라 넌 뒤따라서 해."

메릴은 그렇게 말하더니 양쪽 손바닥에서 불덩이를 출현시켰다. 그것을 두 개, 세 개로 늘려가면서 솜씨 좋게 저글링을 했다.

——실은 진짜로 저글링을 하는 것은 아니었다. 파이어 볼을 조작해서 저글링을 하는 것처럼 연출하고 있을 뿐이었다.

구경하던 아이들이 열심히 박수를 쳤다.

그래서 기분이 좋아진 걸까.

"후후후—. 여기서 끝이 아니야—."

불덩이를 늘리더니 좀 더 화려한 저글링을 하기 시작했다.

그 모습을 본 폴라는 아이들과 마찬가지로 감탄했다.

"굉장하다, 메릴……! 영창 파기로 파이어 볼을 몇 개나 만든 것도 모자라 전부 빈틈없이 제어하다니……!"

마법사다운 분석이었다. 나는 폴라에게 물었다.

"흠. 폴라, 넌 어때?"

"저도 일단 파이어 볼 영창 파기는 할 수 있어요. 초급 마법이니까요. 하지만 여러 개를 한꺼번에 제어하기는 어려워요."

그렇구나.

하지만 초급 마법이라도 영창 파기로 발동시킬 수 있다는 것은 대단한 일이었다.

충분히 소질은 있어 보였다.

"역시 메릴은 굉장해……."

"자기 딸을 이런 식으로 평가하기는 좀 민망하지만, 저 녀석은 원래 별격이야. 마법의 재능으로는 라이벌이 될 만한 사람이 거의 없을 거야."

과연 현자라고 칭송받을 만했다.

"폴라—! 너도 빨리 따라해—."

"으, 응……."

메릴이 재촉하자 폴라는 그 옆에 나란히 섰다.

아이들의 기대에 찬 시선이 집중된 순간, 폴라는 석상처럼 굳어버렸다. 몸이 뻣뻣해지고 심하게 긴장하는 것이 이렇게 멀리서도 보였다.

괜찮을까……? 벌써 걱정이 됐다.

"파아, 파이어 볼!"

크게 심호흡을 한 뒤, 폴라는 손을 확 치켜들고 외쳤다. 머릿속이 온통 하얗게 변해버렸는지 평소처럼 주문 영창을 하고 있었다.

우선 그 손바닥에서 불덩이가 출현했다.

"──앗. 맞다. 영창 없이 하는 거였지. 완전히 까먹었네……! 다음에는 꼭 예정대로 해야 해……!"

그때 실수를 눈치챈 폴라. 그냥 쭉 애드리브로 주문 영창을 계속하면 될 텐데, 거기서 또 처음 예정대로 하려고 영창 없이 주문을 발동시키려고 했다.

그리하여 일단 영창 파기로 발동에 성공해서 두 번째 불덩이가 출현──하긴 했는데, 아까 출현시킨 불덩이보다 훨씬 크기가 작았다.

실은 저게 당연한 현상이다. 마법을 주문 영창으로 발동할 때보다, 주문 파기로 발동했을 때 주입되는 마력량이 더 적기 때문이다.

그런데 아무래도 썩 보기 좋진 않았다.

"저게 뭐야? 너무 작잖아─?"

"아, 혹시 아기 불꽃 아니야?"

아이들이 그렇게 떠들어댔다. 상상력이 풍부한 해석도 등장했다.

"……으아앗. 어, 어쩌지, 어쩌지?"

실수를 만회하려고 했는데 완벽하게 만회하진 못했다. 아니, 오히려 더 큰 실수를 낳고 말았다.

그 사실이 폴라를 패닉 상태로 만들어버린 것 같았다. 폴라의 눈이 빙빙 돌고 있었다. 그 시야가 확 좁아진 것이 느껴졌다.

그다음부터는 도미노 쓰러지듯이 모든 것이 무너져갔다.

폴라는 두 개의 불덩이로 저글링을 하려고 했지만, 평정을 잃어서 그런지 불덩이들을 제어하지 못하고 손바닥으로 덥석 받아버렸다.

"앗, 뜨거워! 뜨뜨! 뜨거워어!"

당연히 그것은 견딜 만한 온도가 아니었다. 폴라는 불덩이를 확 던져버렸다. 그 바람에 흩어진 불똥이 폴라의 옷 가슴팍을 태웠다.

"꺅?! 오, 옷이 탔어!"

안 그래도 가슴이 많이 파인 옷인데 한층 더 가슴팍이 훤히 드러나게 되었다. 거의 가슴이 보일 정도였다.

"흐아아아앙……! 안 돼, 더는 못 해애애!"

얼굴이 새빨개진 폴라는 자기 가슴을 끌어안듯이 감추더니 그 자리에 웅크리고 앉았다. 현실 도피를 하려는 것처럼 몸을 한껏 웅크렸다.

아마도 완전히 전의를 상실해버린 것 같았다.

"아아, 역시 안 되는 거였어. 내가 메릴의 공연을 망쳤어……. 손님들도 다들 기분 나빠졌을 거야……."

눈물을 글썽거리면서 참회하는 것처럼 중얼거리는 폴라.

그러나——.

우와아아아아아아아아아!

깊은 땅속에서부터 울려 퍼지는 듯한 관객들의 환호성이 터져 나왔다.

"어……?"

"신인이라는 저 누나, 재미있다—!"

"최선을 다하는데도 실수투성이인 게 귀여워—!"

"변태! 진짜 변태야!"

실패했음에도 불구하고 이상하게도 관중의 반응은 폭발적이었다.

폴라는 그쪽을 돌아봤다. 한껏 흥분한 관객들의 모습을 봤다. 마치 믿을 수 없는 광경을 본 듯한 눈으로.

공연이 시작되기 전에 메릴이 말했었다.

실패하면 오히려 관중이 열광하는 경우도 있다고.

분명히 최선을 다하는 것이 보이는데도 화려하게 실패하는 경우가, 멀쩡하게 성공하는 경우보다도 관중이 더 뜨겁게 열광할 가능성이 있다고.

이번 폴라의 실수는 대중이 호의적으로 받아들인 것 같았다.

"윽! 뭐야, 폴라. 네가 나보다 더 주목받고 있잖아?! ──여러분, 다들 여기 봐! 불덩이 개수를 더 늘릴 거야!"

메릴은 폴라에게 지지 않으려고 불덩어리를 더 많이 발생시켰다. 고속으로 저글링을 했다. 거의 신기에 가까운 고난도 기술이었다.

그러나 아이들의 반응은 별로 신통치 않았다.

"어─. 그래, 놀랍긴 한데⋯⋯."

"메릴의 곡예는 너무 완벽하게 완성된 느낌? 빈틈이 없어. 인간미 같은 것이 없다고 해야 하나."

"실수를 안 하니까 당연하다는 느낌도 들어."

"그보다는 폴라를 더 응원해주고 싶어."

"허어어어어어억?!"

서투르지만 열심히 하는 폴라의 모습이 아이들의 마음을 사로잡았나 보다.

미덥지 못하고 아슬아슬해 보인다는 점에서, 마치 심부름하는 어린이를 지켜보는 듯한 심정이 되는 걸지도 모른다. (지켜보는 사람도 어린이지만)

"으으으으윽⋯⋯!"

관객의 주목을 빼앗긴 메릴은 불만이 있어 보였다.

뺨을 불룩 부풀리더니, 대놓고 경쟁의식을 불태우면서 폴라를 똑바로 응시했다.

메릴은 사람들에게 주목받거나 칭찬받거나 하면서 인정 세례를 받는 것을 삶의 보람으로 삼고 있으니까. 너무나 사람들의 관심을 끌고 싶은 것이리라.

"여러분, 주—목—! 비장의 기술을 보여줄게!"

큰 소리로 선언하더니, 메릴은 또다시 저글링을 선보이려고 했다.

그런데——.

"어—머—나—?"

메릴이 국어책 읽는 듯한 목소리를 냈다. 그 손바닥에서 불덩이가 떨어졌다.

앗 뜨거워— 하고 이번에도 또 국어책 읽는 것처럼 비명을 지르더니——.

"에헷♪ 어쩌지? 실패했어."

혀를 쏙 내밀고 귀엽게 윙크하는 메릴.

""………."""

그 광경을 본 관객들은 쥐 죽은 듯이 조용해졌다.

"방금 그건 일부러 실수한 거지?"

"메릴이 고작 저런 걸로 실패할 사람이 아니잖아."

"어휴—. 일부러 꾸며내는 게 제일 재미없다니까—."

"어라라아아앗?! 폴라처럼 실수하면 다들 좋아할 줄 알았는데! 오히려 역효과잖아?!"

일부러 티 나게 실패하면 관중의 흥이 다 깨져버린다.

공연 전에 메릴 본인이 했던 말이다.

스스로 알고 있었던 그 금기를 깨버릴 정도로 분했나 보다. 사람들이 철저히 폴라만 주목하는 것이.

한껏 부풀어 오른 인정 욕구에 저항하지 못한 것이다.

"으으윽……! 폴라한테 졌어……. 분해애애애……!"

"저기, 어느새 목적이 바뀐 것 같은데……?"

누가 더 관객에게 사랑받는지 대결하고 있는 게 아니잖아.

대중의 시선에 노출됨으로써 멘탈을 단련해서, 실전에서 지나치게 긴장하는 버릇을 고치는 것이 목적이었다.

여기서 아무리 관객에게 사랑받아봤자 긴장하는 버릇이 고쳐지지 않는다면, 2주일 후로 정해진 에트라의 제자와의 대결에서 패배하게 될 것이다.

"흐아앙……. 다들, 나를 구경하고 있어……."

관객의 시선 앞에서 폴라는 완전히 위축되고 말았다. 그 눈동자가 빙글빙글 동요의 소용돌이를 그리고 있었다.

……이것 참, 아직 병이 낫지 않은 것 같군.

오히려 악화됐을지도 모른다.

결국 오늘의 특훈은 아무런 성과를 얻지 못했다.

제7화

그리고 다음 날.

아침 수업이 시작되기 전, 인적 없는 학교 복도에서.

"폴라야, 넌 오늘부터 이 교복을 입어야 해―."

메릴이 마법 학교 교복을 번쩍 들어 올리면서 폴라에게 그렇게 말했다.

메릴이 들고 있는 교복은, 다른 학생들이 입고 있는 일반적인 교복과는 달랐다.

어깨에서 가슴팍까지는 훤히 드러나 있었고, 하늘하늘한 스커트의 길이는 거의 팬티가 보일락 말락 할 정도로 짧았다.

어제 길거리 공연을 할 때 입었던 옷에 뒤지지 않을 만큼 노출이 심한 의상이었다.

"뭐어?! 이, 이유가 뭔데?!"

"그야 당연히 폴라, 네 마법을 향상시키기 위해서지!"

메릴은 자신 있게 엄지를 척 치켜세웠다.

"내 마법을……?"

"이 옷을 입으면 틀림없이 모두가 너를 주목할 거야. 그리고 그 시선에 익숙해지면, 너의 그 무대 공포증도 사라질 거야."

"하, 하지만, 이런 옷은 못 입어! 다른 사람들이 이상하게 쳐다 볼 거야!"

"응, 그래서 멘탈이 단련되는 거야."

메릴이 그렇게 말했다.

"참고로 그건 말이지, 내가 입고 있는 교복과 한 세트인 특별 주문품이야♪"

"아, 진짜네? 듣고 보니……."

폴라는 자신이 들고 있는 특별 주문품 교복과 메릴이 입고 있는 교복을 번갈아 봤다.

똑같았다.

"그럼 메릴, 네가 평소에 늘 노출이 심한 교복을 입고 다니는 것은, 마법사로서 더 높은 경지를 목표로 하기 때문이야……?"

존경하는 눈빛으로 메릴을 쳐다보는 폴라.

그러나——.

"아니. 난 그냥 귀여워서 입는 거야♪"

순전히 개인 취향이었다.

"아. 그렇구나……."

갑자기 김이 샌 것처럼 얌전해지는 폴라.

애초에 메릴은 노출을 부끄럽게 여기지 않았다. 반대로 남에게 주목받는 것을 기뻐하는 타입이었다.

"자, 그러니까. 당장 입어보자——♪"

"아냐, 안 돼! 난 못 해! 죽어도 못 해애애애! 난 그렇게 노출이 심한 옷을 입으면 수치스러워서 죽을 거야!"

메릴이 특별 주문품 교복을 억지로 입히려고 하자, 폴라는 온 힘을 다해 거부했다. 어제 길거리 공연을 하기 전에 골목길에서 펼쳐졌던 광경과 완전히 똑같았다.

"어, 뭐야—. 안 입어줄 거야? 폴라, 네 신체 사이즈에 딱 맞춰서 일부러 특별 주문으로 제작한 건데."

"저, 정말?"

"정말이지—. 이거, 꽤 비쌌거든?"

"……그냥 궁금해서 물어보는 건데, 얼마였어?"

"어— 그건, 대충 이 정도?"

메릴이 폴라에게 귓속말을 했다. 일반 가정이라면 석 달은 편하게 살 수 있는 금액이었다.

"뭐어어어?! 그렇게 비쌌어?!"

"일부러 너를 위해서 만든 거거든—?"

"나, 나를 위해서……?"

"응. 네가 기뻐하기를 바라면서, 얼마 안 되는 내 용돈을 탈탈 털어서 제작한 거야. 과자 사고 싶은 것도 꾹 참고."

메릴이 그렇게 말하자, 폴라는 "윽" 하고 신음했다.

"메릴이 그 정도로 애써서 옷을 제작해줬는데……. 이대로 그 호의를 저버린다는 것은, 너무 미안한 짓이지……."

죄책감에 시달리던 폴라는 이윽고 각오를 다진 것처럼 고개를 들었다. 그리고 큰 결심을 한 그녀는 자포자기한 듯이 소리를 질렀다.

"좋아, 정했어! 난 메릴이 만들어준 교복을 입어볼 거야!"

"와—!"

그 말을 들은 메릴은 기뻐하면서 짝짝 박수를 쳤다.

"폴라야, 장하다! 말 한번 잘했어!"

"아아, 입는다고 말해버렸어……! 메릴이 나를 위해서 해준 일이니까. 실은 마음에 안 드는데도 거절할 수 없었어……!"

폴라는 "으흑……!" 하고 눈물을 글썽거렸다.

이제 보니 폴라는 밀어붙이면 쉽게 넘어오는 타입인 것 같았다. 딱 잘라 거절하지 못하는 것이다. 이러니저러니 해도 결국 상대의 부탁을 들어주는 경향이 있었다.

나중에 나쁜 남자한테 걸리지 말아야 할 텐데…….

"폴라야, 아주 좋아! 어울려, 잘 어울려♪"

특별 주문한 교복을 입은 폴라. 그 모습을 본 메릴이 만족스럽게 고개를 끄덕거렸다.

"으흑……! 역시 거절할 걸 그랬어……!"

당사자는 얼굴이 새빨개져 있었다.

짧은 스커트 자락을 손으로 꾹 누르면서 부끄러워하고 있었다. 옷은 가슴팍이 보일 정도로 푹 파였고, 달걀처럼 매끄러운 어깨가 훤히 드러나 있었다.

"어?! 폴라, 왜 저래……?"

"갑자기 노출광으로 각성했나?"

평소에는 청초한 이미지인 폴라가 이렇게 변신하자, 교실에 있는 학생들은 술렁거렸다. 호기심 어린 시선이 자꾸만 폴라에게

꽂혔다.

그래서 못 견디게 된 걸까.

폴라는 양어깨를 감싸면서 민망하다는 듯이 소리를 질렀다.

"보지 마! 이런 내 모습을, 보지 마아아아!"

"그러면 안 돼, 폴라야. 멘탈을 단련하기 위해 이런 짓을 하는 거잖아. 친구들에게 지금 네 모습을 제대로 보여줘야 해!"

"아. 그렇구나……. 미안. 얘들아, 역시 나를 봐줘! 적당히 봐줘!"

폴라는 수치심 때문에 얼굴을 한껏 붉히면서도 그렇게 말했다. 그 갑작스러운 변화에 학생들은 곤혹스러운 표정을 짓고 있었다.

"보라고 했다가 말라고 했다가, 도대체 정확히 뭘 원하는 거야……?"

"최면 마법에 걸린 거 아냐……?"

"폴라야! 좀 더 과감하게 양팔을 벌려! 친구들에게 보여주자, 응? 시선 세례를 받으면서 행복한 기분을 느끼는 거야, 알았지?"

"히이이이이잉……!"

시키는 대로 양팔을 벌리면서 개방적인 포즈를 취하는 폴라. 이제는 자기가 무슨 짓을 하는지 모르는 것 같았다.

그런데 그때.

삑―!

"잠깐! 지금 뭐 하는 겁니까?!"

호루라기 소리가 교실에 울려 퍼지나 싶더니, 한 여학생이 이쪽으로 뛰어왔다.

멧돼지처럼 불쑥 돌격해온 그녀는 메릴과 폴라 앞에 우뚝 섰다. 그리고 새침하게 도전적인 눈빛으로 쳐다봤다.

늠름하게 생긴 얼굴. 허리까지 길게 늘어뜨린 윤기 나는 까만 색 머리카락. 머리끝부터 발끝까지 심을 하나 박아놓은 것처럼 당당하게 서 있는 모습.

팔에는 '선도부원'이라는 완장을 자랑스럽게 차고 있었다.

이 반의 반장이자, 마법 학교의 선도부원이기도 한 이 소녀 ──피오나는 메릴을 똑바로 보더니 눈을 부라렸다.

"메릴 양! 당신은 또 그런 옷을 입고 있군요! 과도한 노출은 풍기를 어지럽히므로 하지 말라고 몇 번이나 말하지 않았습니까?!"

날카롭게 메릴을 향해 삿대질했다.

"아니, 애초에 그 교복은 뭐죠?! 거의 속옷이나 다름없잖아요! 전통 있는 마법 학교의 학생으로서 조신하게 행동하세요!"

"으응─? 난 충분히 조신한데."

"전혀 조신하지 않아요! 아무리 봐도 문란하게 놀고 있잖아요! 아니, 메릴 양. 당신이 생각하는 '조신하지 못한 옷차림'이란 것은 도대체 뭡니까?"

"그거야 뭐, 알몸 같은 거 아냐?"

"와, 옷차림도 아니고 아예 옷을 안 입은 거네요?! 그건 범죄잖아요! 당신은 조신함의 기준이 보통 사람들보다 너무 낮아요!"

"에이~ 그 정도는 아니지."

"칭찬하는 거 아니에요! 질책하는 겁니다!"

피오나는 그렇게 소리를 지르더니.

"게다가 복장만 지적하고 싶은 게 아니에요! 소행도 문제입니다! 날마다 지각하지 말고 착실하게 학교에 와주세요!"

"아니~ 그런 말씀을 하셔도. 내가 아침에 못 일어나는걸—."

메릴이 실실 웃으면서 말했다.

"어, 그리고. 알잖아? 나는 현자라고 불리는 마법사이니까. 마법 연구라든가 뭐 이런저런 일로 바쁘다고나 할까—."

"당신이 현자든, 특별 장학생이든 뭐든 상관없어요"

피오나는 퉁명스러운 태도를 보였다.

"난 다른 사람들처럼 당신의 어리광을 받아줄 생각은 없어요."

"으윽. 피오나, 너무 엄해."

"그리고!"

피오나의 추궁이 이번에는 폴라를 향했다.

"흐익!"

"폴라 양. 어째서 당신까지 메릴 양과 같은 옷을 입고 있는 거죠?! 당신도 이 학교의 풍기를 문란하게 만들려는 건가요?!"

"이건 멘탈을 단련하기 위한 거야—."

메릴이 보충 설명을 했다.

그러자 구원의 동아줄을 붙잡는 것처럼 폴라는 끄덕끄덕 머리를 위아래로 흔들었다.

피오나는 그 말을 듣고 이해했다는 듯이 고개를 끄덕거렸다.

"알았어요. 메릴 양이 꼬드긴 거군요. 폴라 양은 성실한 학생이니까. 아마도 그럴 거라고 생각했어요."

휴 하고 한숨을 쉬는 피오나.

"메릴 양. 오늘은 정말로 용서 안 할 거예요. 실컷 설교해줄 테니 각오하세요!"

"어, 진짜—?!"

"폴라 양에게는 벌을 주지 않을 거니까 걱정하지 마세요."

피오나가 그렇게 말하자, 폴라는 죄책감을 느끼는 것 같았다.

"아아. 이러면 메릴이 주범이 되어버릴 거야……. 나를 위해 노력해준 건데, 여기서 못 본 척할 수는 없어……."

폴라는 마침내 결심한 것처럼 주먹을 불끈 쥐더니 이렇게 말했다.

"아, 아니야! 내가 자발적으로 이 옷을 입겠다고 말했어!"

힘겹게 쥐어짠 목소리로 외쳤다.

"……정말이에요? 폴라 양. 당신은 노출증 환자였던 겁니까?"

피오나가 의심하는 표정을 지었다.

"그게 아니라! 저, 나는 무대 공포증 때문에 마법을 잘 사용하지 못하니까! 그것을 극복하기 위해 이런 옷을 입고 있는 거야!"

"아니, 아무리 그래도 다른 방법도 있지 않을까요……?"

어처구니없다는 듯이 지극히 논리적인 의견을 내놓는 피오나.

"아무튼! 폴라 양. 자신의 의지로 그 옷을 입었다면, 당신도 같은 죄를 저지른 겁니다. 메릴 양과 함께 당신도 지도하겠습니다."

"억—."

"으흑……. 하지만, 이게 잘된 거야……. 메릴을 그냥 못 본 척했더라면 난 틀림없이 후회했을 테니까……."

제8화

그 후에도 폴라의 무대 공포증은 개선될 기미가 보이지 않았다.

"으으음……."

훈련장에서 과녁을 마법으로 쏘아 떨어뜨리는 훈련을 마친 폴라. 나는 그 모습을 보면서 중얼거렸다.

시간 내에 열 개의 과녁을 명중시키지 못했다.

처음에는 꽤 괜찮았다. 그러나 연속으로 마법이 빗나간 순간 폴라는 갑자기 허둥거리더니, 그다음부터는 마치 딴사람이 된 것처럼 집중력이 떨어졌다.

"으흑……. 카이젤 선생님. 죄송해요."

풀이 죽어 고개를 푹 숙이는 폴라. 완전히 위축된 모습이었다. 마치 꽃이 시들어서 줄기까지 똑 부러져버린 것 같았다.

그래서 내가 어떻게든 위로의 말을 건네려고 했는데.

"앗!"

폴라는 어떤 예감 때문에 겁먹었는지 자기 머리를 감싸면서 긴장했다.

"어, 왜 그래?"

"아, 저기, 죄송합니다."

"굳이 사과할 필요는 없는데……."

나는 그렇게 말한 뒤 아무 말도 안 했다. 그걸 본 폴라는 움찔움찔하면서 조심스럽게 내 안색을 살피는 것처럼 나를 쳐다봤다.

"저기요, 화 안 내세요? 제가 이대로 계속 실패하면, 일주일 후의 결투에서 패배해서 선생님께 폐를 끼치게 될 텐데요."

"아냐, 폐 끼칠 일은 없어. 그리고 그동안 내가 한 번이라도 언성을 높이면서 화낸 적이 있었니?"

"……그러고 보니, 없었어요."

"우리 아빠는 다정하거든―♪ 집에서 빈둥빈둥 놀아도 안나처럼 화내지도 않고. 무슨 부탁을 해도 다 들어준다니까."

"그 점에 관해서는 좀 더 화내야 한다고, 스스로 반성하고 있어……."

딸한테는 아무래도 너무 관대해지는 것이었다.

아니, 지금은 그게 중요한 것이 아니었다.

"난 기본적으로 남을 지도할 때에는 화를 안 내는 타입이야. 무턱대고 엄하게 꾸짖어봤자 상대에게 도움이 되지는 않거든."

큰 소리로 화를 내면 상대가 위축되어버린다.

채찍질해서 억지로 말을 듣게 하는 것은 지도가 아니다――라고 나는 생각한다. 학생이 스스로 생각해서 깨달아야 한다.

지도자는 그 깨달음을 유도하기 위한 조언을 해주면 된다.

"메릴, 넌 카이젤 선생님한테 마법을 배웠지?"

"응, 맞아. 어린 시절부터 아빠가 나한테 듬뿍 주입해줬거든♪ 그 덕분에 내 몸속은, 아빠의 그것으로 꽉 차 있어."

"명사를 생략하지 마라. 여기서 '주입'한 것은 마법이고, '그것'은 지식이라고 잘 설명해야지. 안 그러면 이상한 오해가 생기잖아."

"응? 이상한 오해가 뭔데?"

"외설스러운 의미로도 해석될 수 있다는 거야."

내가 그렇게 말하자, 메릴은 히죽 웃었다.

"아빠, 그런 것을 생각했구나─♪ 어휴, 조숙하기도 하지─. 혹시 나를 그런 식으로 바라봐주고 있었던 거야?"

"그럴 리가. 자기 딸을 이성으로서 대할 리가 없잖아?"

"뭐─? 난 아빠가 나를 그런 식으로 봐줬으면 좋겠는데─. 저기, 있잖아. 나는 아빠와 금단의 관계가 되고 싶다고 생각하거든?!"

"그런 선언은 할 필요 없어."

"……부럽다."

폴라가 조그맣게 중얼거렸다.

"응? 아빠랑 금단의 관계가 되는 게 부럽다고? 그럼 폴라야, 너도 낄래?"

"아, 아냐! 그런 뜻이 아니야!"

폴라는 새빨개진 얼굴로 온 힘을 다해 부정했다. 그야 그렇겠지.

"나도 카이젤 선생님 같은 분한테 지도를 받았더라면, 지금쯤 마법을 좋아하게 되었을지도 모르는데……라는 생각이 들어서."

"아, 폴라. 넌 메디스 가문 출신이었지?"

"네, 네. 맞아요."

내 질문에 폴라는 고개를 끄덕였다.

메디스 가문은 대대로 궁정 마술사를 배출해온 마법사 명문가였다. 우수한 마법사를 양성하는 데 심혈을 기울이고 있다고 한다.

폴라도 어린 시절부터 영재 교육을 받았을 것이다.

어쩌면——무대 공포증이 생긴 것도 그런 과거 때문일지도 모른다.

만날 혼나기만 하니까, 실수했을 때 질타를 받는 것이 두려워서 저절로 위축된다. 그런 습관이 몸에 배어버린 걸지도 모른다.

"지금쯤 저의 대결 상대는 에트라 님의 지도를 받으면서 성장하고 있을 텐데. 저는 완전히 엉망이니까, 이러면 틀림없이 지게 될 거예요……."

"그렇게 부담 품지 마. 중압감을 느끼면 더더욱 긴장하게 될 테니까. 폴라, 넌 아예 마음을 편하게 먹는 게 나을 거야."

나는 그렇게 말했다. 그리고 문득 생각했다.

"아, 그러고 보니 대결 상대인 그 학생의 상태는 어떨까?"

상대는 폴라와 비슷한 수준의 마법 소질을 가진 학생이었다.

지금쯤 에트라의 지도를 받고 있을 텐데……. 교육은 잘되고 있을까? 벌써 실력 차이가 크게 벌어진 건 아니겠지? 하고 불안해졌다.

"신경 쓰여? 그럼 정찰하러 가보면 되잖아?"

메릴이 태평하게 그런 제안을 했다.

"……그러게. 이것저것 생각하면서 불안해하는 것보다는 차라리 상대의 상황을 살펴보러 가는 것도 좋은 방법일지도 몰라."

잠깐 숨도 돌릴 겸.

"저, 저도, 저쪽 상황이 어떤지 궁금해요."

"그런데 에트라랑 그 학생은 어디에 있지? 훈련장에도 나타난 적이 없잖아? 우리에게 들키지 않도록 몰래 비밀 특훈이라도 하는 걸까?"

"나는 그 두 사람이 어디 있는지 알아낼 수 있어. 이 왕도 전체에 감시망을 펼쳐놨으니까─."

"아, 그래? 무슨 이유로?"

"그야 당연히, 아빠가 어디 있나 감시하기 위해서이지 ♪"

"왜 감시를 해……?"

"내가 안 보는 곳에서, 아빠가 나 말고 다른 여자애랑 이야기라도 하면 싫으니까. 무슨 이야기를 하는지 전부 파악해야 해."

"저기, 방금 아무렇지도 않게 무서운 이야기를 한 것 같은데……?"

하지만 못 들은 척하기로 했다.

"메릴, 에트라와 그 학생이 어디 있는지 안다면 안내해주지 않을래?"

"좋아─ ♪ 나만 믿어!"

"자, 그럼. 폴라. 여기서 가볍게 휴식 시간을 가져볼까?"

"아, 네. 알겠습니다."

이리하여 우리는 정찰을 하러 가게 되었다.

메릴은 마법을 이용해 에트라와 학생이 있는 곳을 알아냈다.

"설마 교외의 공터에 결계를 쳐놓고 그 안에서 훈련하고 있을 줄이야."

에트라는 그 누구도 접근하지 못하도록 은둔의 결계를 쳐놓고 있었다.

주위에 사람이 접근하는 것을 막고, 마음껏 마법을 사용할 수 있는 것이다.

그래서 평범하게 찾았을 때는 발견하지 못했던 건가 보다.

"그런데 메릴, 용케 이걸 눈치챘구나? 상당히 교묘하게 숨겨져 있었는데. 난 전혀 찾아내지 못했어."

"후후후─. 나한테 걸리면 이 정도는 별것도 아니지─♪"

메릴은 자랑스럽게 가슴을 활짝 폈다.

"있잖아, 나. 굉장하지? 굉장하지?"

"응. 역시 메릴은 굉장해."

"에헤헷─♪ 왜냐하면 난 아빠 딸이니까─♪"

칭찬해줘, 칭찬해줘! 하고 강아지처럼 달라붙는 메릴. 나는 그 머리를 쓰다듬어줬다. 인정 욕구라는 먹이를 먹은 메릴은 매우 만족한 표정을 지었다.

우리는 에트라가 만들어낸 결계 안으로 들어갔다.

"오. 저기 있네."

공터 한가운데에서 두 사람의 모습이 보였다.

챙 넓은 뾰족모자를 쓴 심홍색 마법사── 저 사람은 에트라 였다.

그리고 그 맞은편에서는 지도를 받는 여학생이 있었다.

쇼트커트 스타일의 쾌활해 보이는 소녀.

코에 붙인 반창고가 트레이드마크. 언제나 발랄해서, 이 소녀가 있기만 해도 그곳의 분위기가 확 밝아졌다.

학급의 분위기 메이커이기도 한 이 소녀의 이름은 릴리아였다.

우리는 공터에 있는 나무 뒤에 숨어서 그 두 사람의 모습을 훔쳐봤다.

"오늘도 잘 부탁드리겠습니다!"

"흥. 현자인 나에게 직접 지도를 받을 기회는 그리 흔치 않으니까. 그 기쁨을 마음껏 만끽하도록 해라."

"네! 스승님! 감사합니다!"

보통 사람이라면 불만을 느낄 정도로 오만불손한 태도였는데, 이에 대해서도 릴리아는 기운차게 솔직한 감사의 마음을 표현했다.

"어, 그래. 잘 알고 있으면 됐다. 알면 됐어."

릴리아의 애교에 에트라도 독기가 빠진 것 같았다. 퉁명스러운 태도를 버리고, 굳었던 표정을 풀었다.

"······아무튼 그, 스승이란 호칭은 썩 나쁘진 않구나."

심지어 기분이 좋아 보였다.

저 두 사람은 의외로 좋은 콤비일지도 모른다.

"오늘은 너에게 비장의 마법을 전수해주마. 이것을 익히면 반드시 다음 결투에서 완승할 수 있을 거다."

"와—! 이른바 필살기라는 거군요?! 멋져요—!"

팔짱을 끼면서 의기양양한 미소를 짓는 에트라. 그 말을 듣고 릴리아는 흥분해서 콧김을 뿜어댔다.

"네, 저기요! 스승님! 질문이 하나 있습니다!"

"말해봐."

"그런 엄청난 마법을 저 같은 사람도 쓸 수 있을까요?!"

"맨 처음 교실에서 만났을 때 너의 소질을 확인해봤는데. 타고난 기본 자질은 나쁘지 않다고 생각했다. 그러니까 문제없을 거야."

"와아—! 현자님이 직접 제 능력을 인정해주시다니!"

릴리아는 폴짝폴짝 뛰면서 기뻐했다.

"제가 의외로 엄청난 마법사였던 걸까요……?"

"착각하지 마. 나쁘지 않다고 말했을 뿐이잖아. 설령 재능이 있다 해도, 평소에 단련을 게을리하면 순식간에 추락하고 말 거야."

그러면서 에트라는 말을 이었다.

"애초에 나랑 비교하면 이 세상 마법사들은 전부 다 대단치도 않아."

"아, 그렇군요! 스승님은 제가 나태해지지 않도록 그런 말씀을 해주시는 거군요?!"

릴리아는 눈을 반짝반짝 빛내고 있었다.

"넌 정말 긍정적인 인간이구나……. 고민거리 같은 것도 없지?"

"있어요! 저 무지무지 고민하고 있어요! 오늘도 이 훈련이 끝나면 저녁밥으로 뭘 먹을까 하고 진지하게 고민하고 있어요!"

"아, 그래. 행복해 보여서 다행이네."

에트라는 더 이상 아무것도 지적하지 않았다. 피곤하다고 생각한 것이리라.

"아무튼. 릴리아, 너에게 가르쳐준 마법으로 다음 결투에서는 틀림없이 완승할 수 있을 거야. 카이젤이 그때 어떤 표정을 지을지 벌써 기대되는구나."

그런 말을 하더니 의기양양하게 히죽 웃는 에트라.

"카, 카이젤 선생님. 릴리아가 그렇게 엄청난 마법을 배우면, 제가 이길 가능성은 더더욱 없어지는 거잖아요……?"

폴라가 불안한 것처럼 조그맣게 소곤거렸다.

"으음. 이거 위험하군."

난 당연히 저쪽 팀이 난항을 겪고 있을 거라고 예상했는데.

에트라와 릴리아는 궁합도 좋아 보였고, 이대로 훈련이 순조롭게 진행된다면 이쪽과는 어마어마한 차이가 나게 될지도 모른다.

"시간이 아까우니 당장 시작하자. 릴리아, 너에게 전수해줄 것은——폭렬 마법, 파이널 버스트야."

"우와! 카이젤 선생님이 사용했던 그 대마법, 맞죠?!"

"그래, 솔직히 말하자면 그 녀석에게 그걸 가르쳐준 사람은 나야."

에트라는 자랑스럽게 금빛 머리카락을 쓸어 올리면서 말했다.

"사실 카이젤은 나의 유일한 제자야."

"오—. 스승님은 카이젤 선생님의 스승님이기도 했던 거네요."

"응~ 그렇지. 좋아, 그럼 시범부터 보여줄게."

에트라는 그렇게 말하더니 손바닥을 앞으로 들어 올렸다.

그 직후——.

콰아아아아아아아아아아앙!!!

번쩍 빛이 나는가 싶더니, 그와 동시에 눈앞의 풍경이 폭발했다. 엄청난 폭발로 지면이 푹 파였고, 업화(業火)와 더불어 거센 폭풍이 휘몰아쳤다.

그것이 가라앉았을 때는 이미 공터가 초토화되어 있었다.

"뭐, 대충 이런 거야."

에트라는 릴리아를 돌아보면서 그렇게 말했다.

"크, 큰일 날 뻔했다……."

만약에 우리가 에트라의 정면에 숨어 있었더라면 지금쯤 폭발에 휘말려 날아갔을 것이다.

주문 영창을 파기했는데도 이 정도 위력이라니.

역시 에트라의 마법 실력은 상상을 초월할 정도였다.

"결투 종목은 과녁 맞히기잖아? 파이널 버스트를 사용하면, 세심하게 조절할 필요 없이 모조리 날려버릴 수 있을 거야."

"우와—! 그거 파격적이어서 너무 멋져요!"

열광하는 릴리아.

"자, 그럼 방금 보여준 것처럼 해봐."

"——네?"

그러나 거기서 얼음처럼 굳어버렸다.

"어, 저기요, 스승님. 설명은요?"

"설명했잖아. 방금. 눈앞에서."

"스승님! 보기만 해서는 아무것도 알 수가 없어요! 주문 영창을 하는 부분부터 차근차근 이해할 수 있게 말로 설명해주세요!"

"뭐―? 말로 설명하지 않으면 모르겠어?"

에트라는 어이없다는 듯이 말했다.

"하는 수 없지. 그럼 귓구멍을 파고 잘 들어."

"네!"

"쿠오옷―! 하고 마력을 모아서, 그것을 이얍―! 하고 방출한다. 그거면 돼. 주문 영창은 그냥 그럴싸해 보이는 단어를 적당히 말하면 돼."

"스승님! 전혀 모르겠어요!"

"뭐?! 어디를 모르겠어?!"

"전부 다요!"

"뭐라고?!"

"좀 더 알기 쉽게 가르쳐주세요!"

"방금 상당히 알기 쉽게 가르쳐줬잖아?! 내 생각에는 거의 유동식이나 마찬가지로 소화하기 쉽게 가르쳐줬는데?! 그저 입만 벌리고 있으면 받아먹을 수 있다고!"

"아직은 덩어리가 너무 커서 입에 들어가지도 않아요!"

그러면서 릴리아는 기운차게 말했다.

"이것 참 의외네요! 스승님, 남을 가르치는 건 진짜 못하시는

군요?!"

"뭐엇?! 아니, 잠깐만! 뭐야? 이게 내 탓이라고?! 그건 절대로 아니지! 카이젤은 이해했거든?!"

"카이젤 선생님은 우수하니까 그렇죠! 저는 이해할 수 없어요!"

"……어, 그래. 확실히 그 녀석은 이해력이 좋긴 했지만. 그러고 보니 다른 녀석들한테 마법을 가르쳐줬을 때는 다들 멀뚱멀뚱 나를 쳐다보기만 했었지……."

그때 에트라가 앗! 하고 뭔가 깨달은 표정을 지었다.

"어? 설마…… 나는 누굴 가르치는 게 서투른 건가? 그런데 그걸 모르고 주변 사람들이 못났다고 생각했던 거야?"

"네, 틀림없이 그렇다고 생각해요!"

"그렇게 단호하게 긍정하지 마! 네가 내 제자라면 나를 옹호해 줘야지!"

릴리아는 거짓말을 할 줄 모르는 학생이었다.

"네, 그러니까 스승님! 좀 더 구체적으로 가르쳐주세요!"

"아니, 구체적이라니……. 실제로 나는 이렇게 해서 썼을 뿐인걸. 감각을 더 이상 자세히 언어로 표현해서 타인에게 전달해본 적도 없고……."

어떻게든 말을 쥐어 짜내려고 끙끙거리는 에트라.

그러나 좀처럼 잘 전달할 수 없었다.

에트라는 뭐든지 한번 보면 금방 배워버리는 천재였다. 그래서 감각을 체계적으로 언어화한다는 것은 어려운 일인 것 같았다.

"큰일 났다! 어떻게 가르치면 좋을지 모르겠어! 아니, 애초에 마법이란 게 뭐지? 이렇게 어려운 거였나?!"

마침내 에트라는 "으악—!" 하고 제 머리를 쥐어뜯기 시작했다.

과열된 머리에서 연기가 날 지경이었다.

마법 때문에 난처해하는 에트라의 모습은 처음 봤다.

"진척은 이쪽이나 저쪽이나 비슷한 것 같네."

나는 작게 중얼거렸다.

……실은 어렴풋이 그럴 거라고 예상하긴 했지만.

왜냐하면 나 자신이 에트라의 지도를 받아본 경험이 있었으니까. 에트라는 천재이기 때문에 늘 감각에 의존하는 지도를 했고, 그로 인해 나도 무척 괴로워했었다.

저것을 이해할 수 있는 사람은 그리 많지 않을 것이다.

실제로 나 말고는 이해한 사람이 없었다.

방금 설명도 완전히 이해하지는 못했고.

"저, 그래도 좀 안심이 돼……!"

옆에 있는 폴라가 안도한 것처럼 가슴을 쓸어내리고 있었다. 그러다가 내 시선을 눈치채자, 깜짝 놀란 것처럼 가슴 앞에서 양손을 열심히 좌우로 흔들었다.

"아. 저, 릴리아가 실패하기를 바라는 건 아니고요. 나랑 심하게 차이가 나면 어쩌나? 하고 걱정했었기 때문에……."

"응, 괜찮아. 알아."

폴라는 남의 불행을 바라는 학생이 아니다.

에트라와 릴리아의 모습을 보니, 그 실력이 극적으로 향상되는 일은 없을 것 같았다. 평소처럼 싸울 수만 있다면 충분히 승산이 있을 것이다.

다만——폴라의 무대 공포증이 발동된다면 이야기는 달라진다. 딱딱하게 굳어버린 폴라는 평소 실력을 절반도 발휘하지 못하기 때문이다.

역시 그 문제를 어떻게든 해결해야 할 텐데…….

제9화

"파이어 볼! 얍!"

발사한 불덩어리는 이동 과녁의 옆을 지나쳐 갔다. 그것을 확인하자마자 폴라의 몸이 긴장하여 굳어지는 것이 보였다.

"폴라. 진정해. 겨우 한 발 빗나갔을 뿐이잖아."

"아, 알았어요!"

평상심, 평상심 하고 주문을 외우듯이 스스로 중얼거리는 폴라.

그러나 지나치게 의식한 나머지 오히려 평상심과는 거리가 멀어지고 말았다. 그 후에도 무너진 컨디션은 회복되지 않았다.

"카이젤 선생님, 죄송합니다……."

"사과할 필요는 없어. 좀 쉴까?"

나는 폴라에게 음료수를 건네주고 훈련장 나무 그늘에 앉았다.

폴라는 풀이 죽었나 보다. 물도 안 마시고 내내 고개를 푹 숙이고 있었다.

"폴라. 넌 메디스 가문 출신이랬지. 그 가문은 마법 명문가잖아? 어린 시절부터 마법 영재 교육을 받은 거야?"

"네?"

"아, 그냥 잡담이나 하고 싶어서. 말하기 싫으면 안 해도 돼. 날씨 이야기도 괜찮아."

내가 힐문하는 것이 아니란 사실을 눈치채고 다소 안도한 것이리라. 폴라의 분위기가 누그러지더니, 이윽고 그녀가 입을 열었다.

"네, 그렇죠. 어린 시절부터 마법사 가정교사가 내 옆에 있었어요. 그분은 할아버지나 아버지도 지도해주셨다고 해요."

"메디스 가문을 대대로 지도해온 건가. 그 지도가 엄했어?"

"엄했다——고 생각해요. 하지만 그것은 제가 못났기 때문이에요. 날마다 늘 혼나기만 했어요."

"당근과 채찍 중에서 채찍만 있었던 거야?"

내가 그렇게 물어보자, 폴라는 쓴웃음을 지으며 고개를 끄덕였다.

"제가 조금이라도 실수를 하면 곧장 질타했어요. 몸으로 기억해야 한다면서 회초리로 때린 적도 있어요."

"진짜로 때렸구나⋯⋯."

난 단순히 비유적으로 말했던 건데⋯⋯.

"하지만 그런 지도법은 문제가 있는 거 아냐?"

"할아버지와 아버지도 같은 방식으로 지도를 받으셨대요. 그런데 그 결과 두 분은 훌륭한 궁정 마술사가 될 수 있었어요."

"하필이면 또 성공 사례가 있어서 그게 옳다고 생각하게 된 거구나."

그런 지도법이 우연히 폴라의 할아버지나 아버지의 체질에는 맞았던 걸지도 모른다. 그저 99명의 시체를 밟고 올라선 유일한 생존자였을 수도 있는데.

내가 보기에 그 가정교사의 지도법은 시대착오적인 것 같았다.

공포를 무기 삼아 지도해봤자 인간은 제대로 성장하지 않는다. 그 결과 태어나는 것은 '명령 없이는 아무것도 못 하는 인형'이 아닐까.

"제가 잘못한 거예요. 제가 주변 사람들의 기대에 부응하지 못해서……."

폴라는 자책하는 것처럼 중얼거렸다.

"메디스 가문의 마법사가 될 자격이 없다고 생각해요. 자신도."

……그렇구나.

폴라의 무대 공포증의 이유를 어쩐지 알 것 같았다.

실수하면 질책을 당한다는 공포심이 있고, 실제로 실수하면 자책감에 시달려서 냉정한 상황 파악이 불가능해지는 것이다.

실제로는 누군가에게 질책을 당하지 않는다고 해도.

──이것은 저주였다.

가정교사와 메디스 가문의 인간들이 걸어놓은 저주.

"아. 폴라, 너 여기 있었구나? 찾아다녔는데─."

"메릴. 무슨 일이야?"

"아니, 그게─. 실은 지금 '이게' 없어서 곤란하거든."

메릴은 돈을 표현하는 것처럼 엄지와 검지를 붙여서 동그라미를 만들어 보였다.

"잠깐만, 메릴. 너 얼마 전에 용돈을 받았잖아?"

"에헤헤─. 저기, 그러니까 폴라야! 오늘 방과 후에 길거리 공연을 하러 가자."

"——뭐?"

폴라의 눈이 동그래졌다.

"길거리 공연을 하자고? 돈을 빌려 달라는 게 아니라?"

"내가 말이지, 절대로 빚은 지지 말라고 안나한테 지겨울 정도로 잔소리를 들었거든——. 그 명령을 어기면 무서운 일이 생길 거야."

우리 가족 중에서 제일 강한 사람은 안나다.

왜냐하면 가계를 쥐고 있는 게 바로 안나이기 때문이다.

"그런데 메릴아, 너 보통은 혼자 길거리 공연을 하지 않아?"

"응, 맞아. 하지만 네가 있었을 때 관객들의 반응이 좋았거든. 그래서 관람료도 많이 받았어."

"아니, 그래도……."

어떻게든 도망칠 구실을 찾으려고 애쓰는 폴라.

그런데 그 심정을 파악하고 있는 걸까. 메릴은 미리 못 박듯이 말했다.

"폴라. 네 교복을 특별 주문했잖아? 그래서 내 지갑이 텅 비어 버렸어. 내가 하고 싶은 말이 뭔지 알겠지?"

"그, 그렇게 말하는 것은 너무 치사하잖아!"

메릴이 하고 싶은 말은 요컨대 다음과 같았다.

당신의 무대 공포증을 고쳐주기 위해 내가 거금을 들여 교복을 특별 주문했으니까, 길거리 공연에 협력해주는 것이 예의가 아니겠습니까?

그런 말을 들었으니 폴라로서는 거절하기 어려웠다.

당연히 메릴은 밀어붙이는 것에 약한 폴라의 성격을 잘 알면서 그렇게 말한 것이리라. 저번에 특별 주문한 교복을 입혔을 때 이미 학습한 것이다.

상당히 악질적인 수법이었다.

"그런데 난 무대 공포증인걸……. 저번에도 실패했고. 틀림없이 메릴한테 폐만 끼치게 될 거야……."

"응? 괜찮아, 폐는 얼마든지 끼쳐도 돼."

"뭐라고?"

"난 말이지, 폴라가 나한테 폐를 끼치는 것은 싫지 않아."

헤실헤실 웃는 메릴.

그걸 본 폴라는 어안이 벙벙해졌다.

나한테 폐를 끼쳐도 싫지 않다. 그 말을 이해하지 못하겠다는 듯이.

"폴라야. 네가 실패했을 때는 내가 도와주면 되고. 혹시 실패해도 저번처럼 관객들이 기뻐할 가능성도 있잖아?"

'그러니까' 하고 메릴이 말을 이었다.

"나도 너한테 폐를 끼칠 테니, 너도 나한테 폐를 끼쳐. 그러면 피장파장이라 신경도 안 쓰일 거야. 그렇지?"

폴라는 멍한 표정을 짓고 있었다. 아마도 폴라로선 가질 수 없었던 가치관을 메릴이 들이댔기 때문일 것이다.

"폴라. 넌 좀 더 남에게 어리광을 부려도 돼."

나는 그렇게 이야기했다.

"실패해도 거기서 끝이 아니야. 다른 누군가가 도와줄 테니까. 신경 쓸 필요 없어."

"맞아—."

"메릴은 어리광이 너무 심하다고 생각하지만."

내가 그렇게 말하자, 메릴은 "에헷♪" 하고 장난스럽게 혀를 쏙 내밀었다. 그 모습을 보니 전혀 타격을 받지 않은 것 같았다.

폴라도 이 정도로 낯이 두꺼우면 좋을 것이다. 메릴의 얼굴 가죽의 두께를 나눠주면 딱 좋을 텐데.

제10화

방과 후——주택가의 뒷골목.

폴라는 메릴과 길거리 공연을 하기 위한 의상을 입고 있었다.

학교 교복과 마찬가지로 어깨부터 가슴까지가 푹 파여 있고, 팬티가 보일락 말락 할 정도로 노출이 심한 옷이었다.

공기가 맨살에 직접 닿아서 서늘했다.

"……으흑. 결국 끝까지 거절하진 못했어."

메릴의 돈이 떨어진 것은 폴라의 교복을 특별 제작해줬기 때문이다. 자신을 도와주려다가 그렇게 된 거니까 협력하지 않을 수 없었다.

게다가——.

이대로 있으면 안 된다. 그런 생각은 폴라의 마음속에도 있었다.

평생 이렇게 병적으로 긴장하면서 살 수는 없다.

하지만…….

막상 무대에 오를 시간이 다가오자, 머릿속 한구석에 어두운 그림자가 드리웠다. 실패하지 않을까? 하는 비관적인 예감이 들었다.

"자, 그럼—. 열심히 해보자—."

이쪽을 보면서 웃는 메릴의 모습은 전혀 긴장이 느껴지지 않았다.

——폐를 끼쳐도 된다고 그녀는 말했다.

폴라는 나한테 얼마든지 폐를 끼쳐도 된다. 그래도 안 싫다. 혹시 실패하더라도 내가 도와줄 거다.

누군가가 자신에게 그렇게 말해준 것은 처음이었다.

실패하면 메디스 가문의 명예가 실추된다. 어린 시절부터 주변 사람들에게서 그런 말을 지겹도록 들었다.

실패할 수는 없다, 폐를 끼치면 안 된다, 그렇게 생각하면 생각할수록 머리는 작동을 멈췄고, 몸은 마치 자기 몸이 아닌 것처럼 움직여지지 않았다.

"여러분, 안녕—♪ 메릴의 길거리 공연 시간이 왔어—."

깃털같이 가벼운 발걸음으로 광장으로 뛰어간 메릴이 기운차게 사람들을 불렀다. 그 소리를 들은 사람들이 주위에서 속속 모여들었다.

사람들이 이쪽을 주목하자 폴라는 점점 몸이 굳어졌다. 첫눈 속에 파묻힌 것처럼 머리가 띵하게 마비되면서 꼼짝도 못 하게 되었다.

시야가 좁아지고, 관객들의 표정을 알아볼 수 없게 되었다.

"자, 그럼—. 우선 저글링부터 할게! 얍, 얍."

불덩이를 출현시키더니 메릴은 경쾌하게 저글링을 했다.

관객들의 박수 소리가 고막을 때렸다.

메릴이 눈짓하자, 폴라도 뒤따라 하려고 했다. 불덩이를 소환하더니 그것을 저글링 움직임에 맞춰 조종했다.

두 개, 세 개, 그렇게 개수를 늘려갔다.

여러 개의 파이어 볼을 제어하는 것.

평소 같으면 눈을 감고도 얼마든지 성공할 수 있는 기술이었다.

그러나 실패하면 안 되는 상황이라고 생각하면, 그 순간 머리와 몸이 말을 듣지 않게 된다. 본디 쉽게 할 수 있는 일을 하지 못하게 된다.

"——앗!"

조종을 잘못하는 바람에 세 개 있었던 불덩이 중 하나가 통제에서 벗어났다. 그것은 관객들을 향해 날아갔다.

그리고 운 나쁘게도 불덩이가 날아가는 곳에는——한 소년이 있었다.

"위, 위험해!"

폴라가 소리를 질렀지만, 소년은 그것을 피할 시간이 없었다.

관객들 사이에서 비명이 터져 나왔다.

——아아, 역시 이번에도 또 실패했어⋯⋯! 게다가 내가 실패하는 바람에, 구경하던 소년까지 위험하게 만들어버렸어.

폴라의 마음이 절망으로 뒤덮이려는 바로 그 순간——.

소년을 향해 날아가던 불덩이가, 다른 방향에서 날아온 불덩이와 부딪쳐 사라졌다. 그렇게 상쇄된 불덩이는 작은 폭죽같이 반짝 빛났다.

——어?

폴라는 깜짝 놀라 돌아봤다. 그 시선의 끝에는 메릴이 있었다.

"어때, 놀랐지—? 경사스럽게도 신인이 들어왔으니까. 오늘의 공연 내용은 좀 더 스릴 넘치게 준비해봤어 ♪"

마치 별이 튀어나올 것처럼 깜찍하게 윙크.

그 장난기 넘치는 태도를 본 관객들은 이것을 공연 연출이라고 생각한 것 같았다. 터질 듯이 폭발적인 박수 소리가 울려 퍼졌다. 불덩이에 맞을 뻔했던 소년도 흥분해서 뺨이 상기되어 있었다.

엉망이 될 뻔했던 분위기는 이제는 오히려 뜨겁게 달아올라 있었다.

폴라가 은근슬쩍 시선을 힐끔 돌리자, 옆에 있던 메릴이 그걸 눈치채고 생긋 웃으며 눈짓을 해줬다.

——폴라야, 괜찮아. 실패해도 내가 도와줄게.

메릴은 손가락을 움직여서 불덩이 몇 개를 폴라의 손바닥으로 이동시켰다. 그 불덩이들이 빙글빙글 원을 그리며 회전했다.

메릴이 보조해주고 있었다.

폴라는 살짝 숨을 마셨다. 그리고 다시 불덩이를 출현시켰다.

괜찮아. 진정하자. 불덩이 하나쯤은 아무리 긴장했어도 제어할 수 있어.

저글링을 하다 보니, 카이젤 선생님이 멀리서 지켜보고 있는 것이 언뜻 보였다.

광장으로 향하기 전에 카이젤 선생님은 조언을 해주셨다.

——폴라. 실전에서는 자기 자신에 관해서 생각하지 마. 무슨 일이 있어도 다 무시하고, 오로지 현재의 목적에만 집중하도록 해.

현재의 목적.

이를테면 그것은, 전쟁터에서는 적을 쓰러뜨리는 것.

지금 이 상황에서는——관객들을 기쁘게 하는 것.

이 사람들을 기쁘게 해준다. 마음껏 즐기다가 돌아가게 해준다. 오직 그것을 위해 자신은 온 신경을 집중시키면 된다.

혹시 실패하더라도 메릴이 도와줄 것이다.

그렇게 생각한 순간, 어깨를 짓누르던 짐이 갑자기 사라지면서 편해졌다. 그동안 쭉 자신의 내부를 향하고 있었던 화살표가 그때 처음으로 바깥을 향했다.

그 순간 뭔가가 달라진 것을 느꼈다.

머릿속이 맑아지고, 몸속에 가득 차 있던 긴장이 스르르 풀렸다. 그때 비로소 깨달았다. 눈앞에 있는 관객들의 표정이 또렷하게 보인다는 것을.

자기 몸이 제대로 자기 것처럼 움직였다.

폴라는 불덩이를 연달아 발생시키더니 그것을 저글링 하듯이 조종하기 시작했다.

하나, 또 하나. 불덩이가 늘어날 때마다 메릴의 보조용 불덩이가 사라졌다. 그리하여 마침내 다섯 개의 불덩이는 전부 다 자기 것이 되었다.

통제력을 잃지도 않고 성공적으로 해내고 있었다.

"와, 누나, 멋져—!"

"더 보여줘—!"

관객들은 그런 폴라의 모습을 보고 아낌없는 박수를 보내고 있었다. 힐문하거나 질책하지도 않고 환호성을 지르고 있었다.

눈에 보이는 모든 관객이 하나같이 자신의 공연을 보고 기뻐하고 있었다.

그 장면을 본 순간, 문득 폴라의 가슴속에서 뜨거운 것이 울컥 치밀었다.

이렇게 보잘것없는 나도 타인의 기대에 부응할 수 있다. 그렇게 생각하자, 내내 몸에 배어 있던 저주가 조금이나마 풀리는 듯한 느낌이 들었다.

제11화

폴라는 그날 이후로 좀 달라졌다.

길거리 공연에서 어떤 반응을 느꼈기 때문일지도 모른다.

무대 공포증이 나타나는 횟수가 줄었다.

실수해서 당황하더라도, 이전처럼 패닉에 빠지지 않게 되었다. 폴라에게 걸려 있던 저주가 약해진 모양이다.

그리고 마침내 결투의 날이 왔다.

"흥. 용케 도망치지 않고 여기 왔구나."

에트라와 릴리아가 훈련장에서 기다리고 있었다.

주위에는 이 소식을 들은 수많은 학생이 구경꾼으로서 견학을 나와 있었다.

"카이젤, 당연히 기죽어서 도망쳤을 줄 알았는데."

"너한테서 자세한 이야기를 들어야 하거든. 우리가 이기면, 넌 모든 것을 솔직하게 실토해야 할 거야."

"당연하지. 난 약속은 지켜. 너도 알잖아?"

"알지."

언제나 가식 없이 말을 하는 에트라는 그만큼 정직한 인간이었다. 거짓말을 하거나, 한번 했던 약속을 깨뜨리는 짓은 안 한다. 그 점은 신용할 수 있었다.

"단, 일부러 져줄 생각은 눈곱만큼도 없어."

에트라는 그렇게 말하더니 릴리아의 어깨에 손을 올렸다.

"릴리아. 자, 본때를 보여줘. 너는 현자인 나에게 지도를 받았잖아? 지는 것은 용서할 수 없어."

"네, 알겠습니다! 스승님!"

"입회인은 내가 해주마."

마법 학교의 교장인 마릴린이 자처하고 나섰다.

"대결에는 공평성이 요구된다. 나는 지극히 공정하고. 공정하다고 하면 바로 나야. 다들 이론은 없지?"

"응, 상관없어. 댁이 공정한지 불공정한지는 잘 모르겠지만."

"대결 방법은 과녁 맞히기. 불규칙하게 이동하는 과녁을 제한 시간——이번에는 1분 이내에 더 많이 맞히는 사람이 이기는 거다."

마릴린은 동력인 마도기를 건드렸다.

그러자 우리 앞에 늘어서 있던 과녁들이 불규칙하게 움직이기 시작했다.

"누가 먼저 시작할 것이냐?"

"우리가 먼저 할 거야. 카이젤, 너희들의 전의를 상실하게 해주마."

"어지간히 자신이 있나 보구먼."

"그야 당연하지. 릴리아에게는 내가 가진 마법 지식을 모조리 가르쳐줬어. 이 아이가 이전과 똑같을 거라고는 생각하지 마."

의기양양하게 히죽 웃는 에트라.

그 말을 들은 구경꾼들은 동요했다.

"현자 에트라 님의 지식을 모조리 배웠다고……?"

"그럼 릴리아 저 녀석, 어마어마하게 진화한 거 아냐?"

"그러면 릴리아의 승리에 전 재산을 걸 수밖에 없겠는데?"

결투를 도박의 대상으로 삼지 마라.

"그것참 재미있겠구나. 릴리아, 준비는 됐느냐?"

"네, 완벽합니다!"

"그럼——경기 시작!"

마릴린의 선언과 동시에 마도기 위에 제한 시간이 표시되었다.

"이야압—! 윈드 커터—!"

싸움이 개시됨과 동시에——과녁과 멀리 떨어진 곳에 그어진 하얀 선 위에서, 릴리아가 마법을 발사했다.

과녁을 향해 연달아 마법을 발사하다 보니——.

어느새 제한 시간이 끝났다.

"어디 보자—. 릴리아의 득점은 15점이다."

계측을 마친 마릴린이 그렇게 고하더니, 흠 하고 조그만 턱을 손으로 만졌다.

"이전의 이 녀석과 완전히 똑같은 기록이다. 딱 중간이야. 시합 전의 의욕에 비하면 결과가 영 아쉽구나—."

"응?! 뭐라고오오오오오?!"

결과를 알게 된 에트라가 동요한 것처럼 소리를 질렀다.

"잠깐만, 릴리아! 너 뭐 하는 거야?! 현자인 나의 마법 지식을 아낌없이 모조리 가르쳐줬는데!"

"아니—. 가르쳐주시긴 했는데요. 전혀 이해를 못 했어요!"

밝은 미소를 지으면서 태연하게 이야기하는 릴리아.

가르친 것까지는 좋은데, 그게 전해지지는 않았나 보다.

에트라가 릴리아의 양어깨를 붙잡고 거칠게 흔들어대고 있는데도 릴리아는 전혀 충격을 받지 않았다. 그걸 보면 상당히 배짱이 두둑한 듯했다.

"에트라 님, 그렇게 허세를 부리더니."

"마법사로서는 위대해도, 남을 가르치는 건 엉망인 모양이야."

구경꾼들이 소곤소곤 쑥덕거리는 소리를 듣자, 에트라는 분하다는 듯이 "크으윽……!" 하고 입술을 깨물었다.

"자, 다음은 폴라 차례이다."

"네, 네!"

그렇게 대답하는 폴라의 얼굴은 눈에 띄게 긴장한 티가 났다.

"괜찮아. 눈앞에 있는 과녁에만 집중하면 돼."

"폴라야, 마음 편하게 하자—."

나와 메릴이 말을 걸자, 폴라는 고개를 끄덕거렸다. 긴장하긴 했지만, 이성을 잃지는 않은 것 같았다.

폴라는 과녁과 멀리 떨어져 있는 하얀 선 위에 섰다. 가슴에 손을 올리고 심호흡을 했다. 그것을 몇 번이나 반복했다.

"준비——시작!"

마릴린이 그렇게 선언했다. 또다시 마도기에 제한 시간이 표시됐다.

"파, 파이어 볼!"

폴라는 손바닥을 들어 올리더니 주문 영창과 더불어 불덩어리를 발사했다. 붉은 꼬리를 끌면서 날아간 불덩어리는 힘차게 과녁을 꿰뚫었다.

와! 하고 구경꾼들 사이에서 환호성이 튀어나왔다.

그 후에도 한 개, 두 개, 세 개, 그렇게 순조롭게 과녁을 꿰뚫어 나갔다.

그러나——.

다섯 번째 과녁을 노리다가 처음으로 빗맞히고 말았다.

"——!"

나는 놓치지 않고 봤다. 폴라의 표정에 동요의 기색이 언뜻 나타나는 것을.

잔잔하던 호수의 표면에 잔물결이 일었다.

그 후로는 연속으로 과녁을 빗맞혔다. 마치 그동안의 순조로움이 거짓말이었던 것처럼.

……위험하다. 이대로 가면 평소와 똑같을 것이다. 자기 내부에 있는 늪에 빠져서 헤어나지 못하고 그대로 가라앉을 것이다.

무슨 말이라도 해주는 게 좋을까?——하고 나는 망설였다. 그러나 폴라의 눈빛을 본 순간, 그런 것은 필요 없다는 사실을 깨달았다.

폴라의 눈빛은 아직 죽지 않았다.

포기하지 않고 여전히 빛을 지니고 있었다.

폴라는 일단 마법 발사를 그만뒀다. 그리고 가슴에 손을 얹고 심호흡을 하기 시작했다. 몇 번 그것을 반복하고 나서 자기 뺨을 찰싹 때렸다.

"괜찮아…….눈앞에 있는 과녁에만 집중하는 거야……!"

그렇게 중얼거리더니, 다시 저 앞에 있는 과녁을 똑바로 봤다.

"파이어 볼!"

발사한 불덩어리의 궤도에는 흔들림이 없었다.

그것은 한 치의 오차도 없이 정확히 과녁을 꿰뚫었다.

이로써 컨디션이 회복된 것 같았다.

경쾌하게 과녁들을 명중시키다 보니 어느새 제한 시간이 종료됐다.

"흠. 좋아, 거기까지."

그렇게 마릴린이 멈췄다.

"명중시킨 과녁은 스물다섯 개. 이전에 비하면 눈부시게 성장했다. 이것은 전교에서도 상위권에 드는 성적이다."

결과 발표를 앞두고 마른침을 꿀꺽 삼키고 있던 폴라. 마릴린은 미소 지으면서 그런 폴라의 손을 붙잡아 올리더니, 그곳에 있는 사람들 전원에게 고했다.

"결판이 났다. 이 대결의 승자는——폴라다."

승패가 결정 난 순간——구경꾼들이 환호성을 질렀다.

격려의 말과 박수는 온전히 폴라 한 사람에게 쏟아졌다. 그런데 칭찬받는 데 익숙하지 않아서인지 당사자는 불편해하는 기색이었다.

"가, 감사합니다!"

주변 사람들 한 명 한 명을 향해 열심히 꾸벅꾸벅 고개를 숙이고 있었다.

"그런데 폴라. 그대는 최근에 노력을 많이 한 것 같구나."

"아, 아닙니다. 저 같은 사람에게는 과분한 칭찬입니다."

교장의 찬사가 너무 황송해서 어쩔 줄 모르는 폴라.

"이건 전적으로 카이젤 선생님과 메릴 덕분이에요. 저 혼자서는 아무것도⋯⋯. 전 그저 긴장해서 얼어붙기만 했어요."

"겸허한 것은 훌륭하다만, 마법사에게는 오만함도 필요한 법이야. 그것은 저 녀석들을 보면 알 수 있을 텐데?"

마릴린의 시선 끝에는――두 명의 현자의 모습이 있었다.

메릴과 에트라는 "?" 하고 어리둥절한 듯이 고개를 살짝 갸웃거리고 있었다. 자각이 없나 보다. 뭐, 그만큼 겉과 속이 똑같다는 뜻이기도 하지만.

나는 폴라에게 말했다.

"우리는 그냥 조언만 해준 거야. 실제로 노력한 사람은 폴라, 너야. 메디스 가문의 가정교사에게도 보여주고 싶을 정도로 훌륭한 실력이었어."

"아, 에헤헤⋯⋯."

폴라는 쑥스러운 것처럼 웃었다.

처음부터 소질은 있었다.

오늘의 경험을 토대로 폴라는 더 높은 곳으로 뛰어오를 것이다.

"자, 그럼 본론으로 들어갈까."

나는 고개를 돌렸다. 기분이 안 좋아 보이는 에트라를 응시했다.

"아~ 그래, 알았어. 이번에는 내가 졌다고 해줄게."

에트라는 퉁명스럽게 말을 뱉어냈다.

"약속은 약속이니까. 자, 이제 모든 것을 실토해봐."

제12화

우리의 대결이 끝나자 주변 사람들은 떠나갔다.

이제 훈련장에 남아 있는 사람은 나와 에트라, 메릴과 폴라, 마릴린 교장밖에 없었다. 그리고 정적을 깨뜨리듯이 내가 말을 꺼냈다.

"에트라. 전송용 마법진을 통해 히드라를 소환해서 왕도를 습격하게 만든 이유가 뭐야? 하마터면 막대한 피해를 입을 뻔했어."

"카이젤. 너는 어떻게 생각해?"

에트라가 도전적으로 이쪽을 응시했다.

"——내가 적인 것 같아? 아군인 것 같아?"

그 눈에서는 기이한 빛이 번뜩이고 있었다.

가만히 이쪽의 반응을 관찰하고 있었다. 주위의 분위기가 불온해졌다.

그러나——.

"그야 당연히 아군이지."

나는 심각한 분위기를 단번에 날려버리듯이 그렇게 말했다.

"……흠. 왜 그렇게 생각해?"

"너는 설령 마음에 안 드는 일이 있어도 변혁을 추구하는 녀석은 아니었어. 그러니까 굳이 적이 될 이유가 없어."

적이 되었다면——그만큼 뭔가 강력한 사상이 작용했을 것이다. 하지만 에트라에게는 흔히 열정이라고 부르는 우직함이 없었다.

언제나 에트라는 냉정했다. 그 가슴속에는 늘 체념이 있었다.

'죽어도 이건 용납할 수 없다!'라는 격정은 보여준 적이 없었다. 어차피 이 세상에는 멍청이들밖에 없으니까 다 이런 거겠지……라고 말하면서 이해하고 넘어갔었다.

"기껏해야 술자리에서 푸념만 하는 것으로 끝냈었지."

"그렇게 말하면 꼭 패배주의자 같잖아. 그만해."

에트라는 반론을 하더니 코웃음을 쳤다.

"네가 알고 있는 나는 18년 전의 나잖아? 그동안 살면서 생각이 달라졌을 수도 있지. 누군가의 부추김에 넘어가서 한패가 되거나 해서."

"웃기는 소리 하지 마. 자존심이 하늘을 찌르는 네가 남의 밑에 들어간다는 것은 말이 안 돼. 게다가 융통성도 없어서 생각이 변하지도 않을걸?"

"야, 너! 아까부터 너무 심하게 나를 욕하는 거 아냐?! 아 그래, 좋아! 지금부터라도 당장 적이 되어 왕도를 멸망시켜줄게!"

"과연. 그럼 아직은 적이 아니란 거군?"

"——앗!"

내가 그렇게 지적하자, 에트라는 아차 하는 표정을 지었다. 거짓말을 못하는 그녀의 반응을 보고 나는 무심코 쓴웃음을 지었다.

"너는 언뜻 보면 삐뚤어진 녀석이지만, 근본적인 성격은 그렇게 뒤틀리진 않았어. 동료들은 다 알아. 무슨 사정이 있어서 그런 거,

맞지?"

"겨우 몇 년 정도 같이 있었을 뿐인데 나를 완전히 이해한 척하지 마! 난 아직 모든 것을 보여주지는 않았어."

에트라는 그렇게 말하더니 고개를 숙였다.

"……뭐, 일단. 네 말대로 적은 아니지만."

조그맣게 한마디 툭 내뱉듯이 중얼거렸다.

역시 내 생각이 맞았다. 아니, 만약에 진짜로 그녀가 적이었다면, 나와 레지나의 임무에 동행하지도 않았을 것이다.

"응, 그래서? 왕도 습격 사건의 진상은 뭐야?"

"너희들을 시험해보려고 한 거야."

"시험?"

"100년 전에 빛의 용사가 마왕을 봉인했다는 것은 알지?"

"응. 수업 시간이나 문헌을 통해 알고 있어."

"그때 마왕을 봉인하다가 그 권속(眷屬) 몇을 놓쳐버렸거든. 간신히 목숨만 건져서 도망친 그놈들은 오랫동안 어둠 속에 잠복하고 있었어."

"흠."

"그런데 그 녀석들이 최근에 요양을 마치고 지상으로 기어 나온 것 같아. 내가 입수한 정보에 의하면, 이 왕도를 노리고 있다고 하더군."

현자인 에트라는 세계 각지에 정보망을 펼쳐놓고 있었다.

그런 그녀의 말이니까, 권속이 왕도를 노리고 있다는 정보는 사실일 것이다. 그렇다면 대비가 되었는가 아닌가는 커다란 차이일 것이다.

"마왕의 권속이라면 당연히 어느 정도는 실력이 있을 테지? 그래서 왕도 녀석들이 얼마나 실력이 있는지 확인해보고 싶었어."

"뭐? 그것 때문에 히드라를 보냈다는 거야?"

"그 히드라는 내가 조련했으니까. 혹시나 아무도 못 막는다면, 그때는 왕도 앞에서 그냥 후퇴시킬 예정이었어."

에트라는 그렇게 말했다.

"실제로 상당한 규모의 전투였지만 사망자는 안 나왔잖아? 전부 내가 적당히 봐줬기 때문이야."

"으음, 그렇군."

우리가 결전이라고 생각했던 것은 아무래도 모의전이었던 모양이다.

지금 돌이켜 보면 그 히드라의 움직임에는 부자연스러운 점도 많았다. 파괴를 목적으로 하는 것치고는 불합리한 행동을 많이 했었다.

그것은 뒤에서 에트라가 조종하고 있었기 때문이었나.

설마 재해 수준의 마물인 히드라를 길들였다고 누가 예상했겠는가. 그놈이 왕도에 오면 완전히 끝장난다고 생각하는 것도 당연했다.

그래서 미처 생각이 미치지 못했다.

"……그래도 너무 난폭한 거 아냐? 뭔가 다른 방법도 있었을 텐데."

"난 미적미적하는 것은 질색이거든."

"그렇게 당당하게 딱 잘라 말하니까, 뭐, 그럼 어쩔 수 없지……라는 말이 입에서 저절로 튀어나올 것 같다."

실제로는 어쩔 수 없는 게 아니었지만.

역시 대화의 흐름이란 것은 중요하구나.

"아무튼 그래서——확인해본 결과는 어땠어? 에트라. 네가 보기에 왕도 녀석들의 역량은 만족스러웠어?"

"아니. 완전히 글러 먹었어. 5점."

"그거 10점 만점 중에?"

"당연히 100점 만점이지."

에트라는 가차 없이 딱 잘라 말하더니.

"기사단은 훈련이 덜 되었고, 마법 학교 학생들의 마법도 진짜 별로였고. 모험가 녀석들은 자기들보다 강한 상대 앞에서 겁이나 먹고. 그 정도면 5점도 후하게 준 거야."

"윽……."

그 엄격한 말투에 폴라는 위축되고 말았다.

"정말로 가차 없네……. 그래도 격퇴에는 성공했잖아?"

"그건 너랑 레지나가 있어서 그런 거지. 너희 둘이 없었다면 사실 왕도는 완벽한 황무지가 되어버렸을 거야."

"흠. 그래, 그건 그럴지도 몰라."

마릴린 교장 선생님이 납득했다는 듯이 중얼거렸다.

"그런데 그대는 카이젤과 레지나의 능력은 꽤 높이 평가하는 것 같구나."

"그 외에는 변변한 녀석이 없으니까."

"게다가 수단이야 어찌 됐든 간에 '왕도에 위기가 닥쳐왔다'라는 사실도 의리 있게 전해주러 왔고. 역시 동료와 함께 지냈던 장소에 대한 애착은 생겼던 건가?"

"어휴, 진짜. 아니라니까? 일반인의 척도로 나를 판단하려고 하지 말라고. 이건 단순히 내 변덕일 뿐이야."

에트라는 그런 말을 툭 내뱉더니.

"현재의 왕도는 전적으로 카이젤과 레지나에게 의지하고 있어. 차세대가 육성되지 못한 거야. 이대로 있으면 앞날이 어찌 될지 뻔해."

퉁명스러운 태도로 팔짱을 끼고 한심해하는 것처럼 중얼거렸다. 삐친 고양이 같은 그 날카로운 눈빛은 내 옆에 서 있는 인물을 향했다.

"특히 기대했다가 실망한 대상은 바로――너야."

에트라가 그렇게 말하면서 손가락으로 가리킨 것은――.

메릴이었다.

"응? 나?"

"왕도에서는 현자라고 불리나 본데, 실제로는 정말 형편없더라. 히드라 앞에서 아무것도 못 하던데?"

"윽. 그건, 히드라가 마법 내성이 강해서 그랬던 거야."

"나는 그렇게 내성이 강한 적이라도 다 상관없이 격파할 수 있어. 고작 히드라를 상대로 고전할 정도라면 그 실력은 알 만하지. 아, 하긴. 넌 그냥 카이젤한테서 마법을 좀 배웠을 뿐이니까 그것도 당연한가."

"으윽―! 우리 아빠를 바보 취급하는 것은 용서할 수 없어! 물론 나를 바보 취급하는 것도 용서할 수 없지만!"

"거기서는 '나를 바보 취급하는 것은 괜찮지만!'이라고 해야 하는 거 아냐?"

"난 아빠랑 비슷한 수준으로 나 자신도 정말로 사랑하거든♪ 안 그러면 이렇게 노출이 심한 옷을 어떻게 입겠어?"

그곳에 있는 모든 사람이 납득했다.

아무튼 자기 자신을 사랑하는 것은 좋은 일이다. 앞으로도 그건 소중히 여겼으면 좋겠다.

"아니, 저기. 아까부터 마음대로 떠들어대고 있는데. 그러는 아줌마는 어때? 실은 입만 살아 있는 거 아냐?"

"아줌……?! 뭐라고오옷?! 누가 아줌마야?! 아무리 봐도 언니잖아! 10대라고 착각할 정도로 젊어 보이는 외모잖아!"

자기 자신을 가리키면서 소리를 지르는 에트라.

실제로 에트라의 외모는 나나 레지나에 비하면 훨씬 젊어 보였다. 하지만 보통 '10대라고 착각할 정도'란 말을 스스로 하나?

눈을 부라리는 에트라. 침을 튀기면서 메릴에게 강력하게 어필했다.

"철회해! 방금 그 발언, 당장 철회하라고!"

"싫어—. 이 아줌마야. 메롱—."

그러나 메릴은 혀를 쏙 내밀더니 오히려 에트라를 도발했다.

"야, 이, 꼬맹이가……!"

10대 여자에게 도발당한 에트라는 얼굴이 새빨개진 채 부들부들 떨고 있었다. 정신연령은 둘 다 비슷할지도 모른다.

"아, 좋아! 이 망할 꼬맹이에게 나의 실력을 보여주마! 결투하자! 이긴 사람이 10대 여자가 되는 거다. 알았지?!"

"알긴 뭘 알아. 결투의 취지가 달라진 것 같은데?"

이기든 지든 메릴은 어차피 10대 여자이고, 이기든 지든 에트라는 10대 여자가 아니란 것은 변치 않는 사실이다.

"좋아, 얼마든지 받아줄게!"

메릴이 그렇게 말했다.

"젊고 팔팔한 내가 아줌마보다 강하다는 것을 보여줄게."

"……(불끈불끈)."

"너무 심하게 도발하지는 마. 에트라의 관자놀이 혈관이 불끈불끈 튀어나오고 있잖아. 이러다 결투하기도 전에 혈관이 터져서 쓰러지겠다."

제13화

그리하여——.

에트라와 메릴이 결투하게 되었다.

"이번에도 내가 입회인이 되어주마."

마릴린 교장 선생님이 자처하고 나섰다.

"결투의 규칙은 어떻게 할 거냐?"

"그런 거 필요 없어. 시시한 잔재주로 겨뤘다가, 나중에 상대가 이러쿵저러쿵 변명을 늘어놓는 것도 곤란하거든."

"으."

"그래도 최소한의 규칙은 필요하지. 더 이상은 위험하다, 승패는 결정 났다고 판단했을 때 내가 임의로 제지하도록 하겠다."

"좋아. 이의는 없어."

"오케이——."

훈련장에서——에트라와 메릴이 서로 좀 떨어진 곳에서 마주 봤다.

이미 수업이 시작되기도 해서 관객은 우리밖에 없었다.

"메릴은 괜찮을까요……?"

"괜찮을 거야. 무슨 일 있으면 교장 선생님이 막아주실 테니까."

나는 걱정스럽게 중얼거린 폴라에게 그렇게 말했다.

"그보다 저 결투를 자세히 봐둬. 현자라고 칭송받는 마법사들끼리 결투하는 장면은 그리 쉽게 볼 수 있는 것이 아니야."

"아, 알겠습니다."

"후후후—. 아빠 앞에서 멋진 모습을 보여줘야지. 가볍게 압승해서, 아빠한테 마구마구 내 머리를 쓰다듬어 달라고 할 거야—."

메릴은 벌써 이기고 난 다음의 일을 생각하는 것 같았다.

"선공은 양보해줄게. 어디서든 마음껏 덤벼봐."

양팔을 벌리면서 어른의 여유를 보여주는 에트라.

……아, 아니다. 어른의 여유라고 말하면 에트라가 불쾌해할지도 모른다.

"오케이. 좋아, 그럼 간다—♪"

메릴은 기운차게 그렇게 선언하더니 두 손바닥을 앞으로 쑥 내밀었다. 흡 하고 살짝 숨을 들이마시고 주문을 외우기 시작했다.

"태양을 뒤덮는 영원한 업화여, 지금 이곳에 모여들고 현현하여 모든 것을 불살라라."

"——!"

나는 즉시 눈치챘다.

그것은 초특급 마법인 파이널 버스트의 주문 영창이었다.

주문이 길기에, 위력이 좀 떨어지는 영창 파기로 사용하는 경우가 많았다.

그러나 메릴은 장문의 주문을 천천히 시간 들여 외우고 있었다.

상대가 선공을 양보해줬으므로 가능한 짓이었다.

메릴은 겉으로는 아무런 생각 없이 행동하는 것처럼 보이지만, 이렇게 기지를 발휘할 줄 안다는 점에서 빈틈이 없는 녀석이었다.

메릴의 주위에 집약된 마력은 너무나 막대해서 대기를 일그러뜨리고 있었다. 메릴은 터질 듯이 잔뜩 모여든 그 마력을 한꺼번에 해방시켰다——.

"파이널 버스트!!"

번쩍——하고 공간이 온통 하얀 빛으로 가득 찼다.

그렇게 생각한 직후.

콰아아아아아앙!!

에트라가 서 있던 장소 일대가 거대한 폭발에 휘말렸다.

엄청난 굉음이 울려 퍼지고, 폭풍이 우리가 있는 곳까지 밀려왔다. 왕도를 통째로 날려버릴까 봐 걱정될 정도의 위력이었다.

"아빠——. 내 마법, 잘 봤어—?"

이쪽을 향해 손을 흔드는 메릴. 이미 승리를 확신하는 표정을 짓고 있었다.

그러나——.

"그래. 카이젤에게 잘 보여주도록 해. 오래오래 주문 영창을 했는데도 결국 나에게 아무런 타격도 주지 못하는 그 형편없는 마법을."

폭발의 연기가 사라졌을 때. 그곳에는 멀쩡한 에트라가 서 있었다.

분화구처럼 지면이 푹 파여 있었는데 에트라의 주변——반원형으로 된 부분만 아무 일 없었던 것처럼 무사했다.

에트라는 메릴을 응시하면서 의기양양하게 웃었다.

"윽……!"

안색이 싹 변한 메릴.

에트라의 주위만 무사한 저 상황을 보면, 아마도 그녀는 방어 마법을 사용했을 것이다. 마법을 막기 위한 결계를 펼친 것이다.

하지만 설마 메릴의 전력을 다한 마법을 저렇게 쉽게 막아낼 줄이야.

에트라. 저 녀석, 예전과 다름없——아니, 그보다 더 실력이 좋아졌구나.

"선공은 양보했으니까. 이번에는 내 차례야."

에트라는 바람 마법을 영창 파기로 발동시키더니 허공에 둥실 떠올랐다. 서핑이라도 하는 것처럼 바람을 타고 날아서 대기 속으로 미끄러지며 이쪽으로 확 다가왔다.

메릴은 그런 에트라에 맞서 반격하려고 연달아 마법을 발사했다.

그러나 바람을 탄 에트라는 쉭쉭 좌우로 방향을 바꾸면서 재주 좋게 그 공격을 피했다. 그렇게 일정한 거리까지 다가가더니 급격히 상승했다.

"기회다!"

메릴이 머리 위를 쳐다본 순간이었다.

강렬한 빛이 터져 나왔다.

빛 속성의 초급 마법——플래시가 에트라에 의해 발동된 것이다.

갑작스런 그 눈속임 공격에 메릴은 "꺄!" 하고 자기 눈을 가렸다. 시각을 잃고 그 자리에서 바동바동 몸부림을 쳤다.

하지만 그 움직임은 이윽고 뚝 멈췄다.

에트라가 메릴의 등에 손바닥을 댔기 때문이다.

"자, 우선 내가 1승이야."

그렇게 말하더니 에트라는 빙긋 웃었다. 그리고 다시 멀리 떨어졌다.

"뭐 하는 짓이야?"

"아니 뭐, 방금 네 숨통을 끊어줄 수도 있었지만. 전술을 이용해서 이겨도 너를 완전히 좌절시킬 수는 없잖아? 변명할 수 없을 정도로 압도적인 수준 차이를 보여줘야 할 것 같아서."

"그대는 참으로 성격이 안 좋구나."

"흥. 새삼스럽게 무슨 소리야. 그건 처음부터 알고 있었잖아?"

에트라는 마릴린의 쓴소리를 듣고 코웃음을 치더니.

"제대로 보여줄게. 망할 꼬마야. 네가 카이젤한테서 배운 파이널 버스트, 그것을 만들어낸 장본인인 나의 일격을."

좀 전의 메릴과 마찬가지로 두 손바닥을 앞으로 내밀었다.

"태양을 뒤덮는 영원한 업화여, 지금 이곳에 모여들고 현현하여 모든 것을 불살라라."

주문 영창과 더불어 모인 마력이 마치 전기를 띤 것처럼 용솟음쳤다. 폭풍 전의 고요. 기분 나쁠 정도의 정적이 그곳의 공기 전체를 지배하고 있었다.

"파이널 버스트!"

에트라가 마법을 발동시킨 직후——.

별이 터져 나갈 것처럼 엄청난 폭발이 발생했다.

메릴의 마법도 굉장했다.

하지만 이것은 그보다 훨씬 더 굉장했다. 주문 영창 속도도, 위력도 월등했다.

"으으윽······."

폭연이 걷혔을 때. 메릴은 지면에 벌렁 드러누워 있었다.

방어 마법으로 막으려고 했지만 결국 완벽하게 막아내지 못했던 모양이다.

그래도 일단 겉으로 보기에는 큰 부상은 없는 듯했다.

······다행이다.

하지만 힘을 다 써버려서 전투를 속행하기는 어려워 보였다.

"아무래도 승패는 결정 난 것 같구나."

마릴린도 나와 같은 판단을 했나 보다.

"이 싸움은 에트라의 승리이다."

"흥. 당연하지."

에트라는 득의양양하게 머리카락을 쓸어 올리더니 걸음을 뗐다. 메릴에게 다가와 코웃음을 치면서 그녀를 내려다봤다.

"자, 이제 미숙한 꼬맹이인 너도 충분히 이해했을 테지? 누가 더 강한지를."

"크으윽······."

"이 꼴사나운 모습을 보니, 역시 마왕의 권속에 맞서서 왕도를 지켜낸다는 것은 불가능해 보이는구나. 너의 소중한 것들은 전부 다 빼앗길 거야."

"오, 오늘은, 우연히 컨디션이 좀 안 좋았을 뿐이야."

그렇게 중얼거리더니 메릴은 어색하게 시선을 피했다.

"후후. 너무너무 분해서 못 참겠다는 표정을 짓고 있네?"

에트라는 유쾌하게 웃으면서 말을 이었다.

"애초에 그런 전투 방식으로 이긴다는 것은 불가능해."

"……그게 무슨 뜻이야?"

"넌 생각 없이 내키는 대로 마법을 마구 발사하고 있잖아? 전혀 다듬어지지 않았어. 장난하는 것도 아니고, 뭐 하는 거야?"

에트라는 어이없다는 듯이 어깨를 으쓱했다.

"분명히 말해두는데, 나와 너의 소질 자체는 별로 다르지 않아. 그런데 왜 이 정도로 역량 차이가 나느냐. 이유가 뭔지 알아?"

"어— 그건, 나이 차이?"

"아니야!"

"꾸엑."

에트라는 손에 들고 있던 지팡이로 메릴의 명치를 쿡 찔렀다.

배를 끌어안고 끄으응 하고 신음을 내면서 애벌레처럼 몸을 웅크리는 메릴. 에트라는 그 모습을 내려다보며 말했다.

"너에게 가장 부족한 것은 진지함이다. 이 싸움에서는 절대로 질 수 없다──지금까지 그렇게 배수의 진을 치고 싸워본 적이

한 번도 없지?"

"그건, 음, 없었을지도 몰라…….'

짚이는 것이 있어서 말꼬리를 흐리는 메릴. 그 앞에서 에트라
는 단호하게 말했다.

"결국 너는 응석을 부리고 있는 거야. 위험해지면 카이젤이 도
와준다고 생각하는 거지. 정신적으로 자립을 못 한 거야."

……너무 냉혹한 말을 하는구나.

나는 그런 생각을 하고 있었는데.

"여기서 한마디 해두자면, 너도 잘못한 거야. 카이젤."

"엉?"

비난의 화살이 이쪽으로도 날아왔다.

"딸이라고 너무 응석만 받아주고 있잖아. 안 봐도 뻔해, 네가
이것저것 모든 면에서 다 돌봐줬지? 그러지 말고 자기의 일은 스
스로 하게 해."

"……뭐라고 반박할 말이 없네. 하지만 내가 해줄 수 있는 것은
해주고 싶어."

"네가 영원히 애 곁에 있을 순 없잖아? 본디 부모는 자식보다
먼저 세상을 떠나는 법이야."

그 말이 내 가슴에 푹 박혔다.

영원히 내가 우리 딸들의 곁에 있을 수는 없다──.

그것은 옳은 말이었다.

"네가 사라지더라도 스스로 잘 살아갈 수 있도록 해준다. 그것

이 진정한 부모의 애정이잖아. 아니야?"

"그, 그건……."

어떻게든 말을 이어 나가려고 했는데, 그래도 내 입에서는 공기만 새어 나올 뿐이었다. 낭패한 나를 본 에트라는 어깨를 으쓱했다.

"그래, 물론 우리가 전부 다 해줄 수 있다면 그게 편할 테지만. 그랬다가는 우리의 다음 세대가 영영 성장하지 못할 거야."

"…………."

찍소리도 못 할 정도로 완벽한 정론이었다.

"흠, 에트라도 상당히 멀쩡한 이야기를 할 수 있게 되었구나. 예전에는 타인에게는 전혀 관심도 없었는데."

마릴린이 감탄한 것처럼 중얼거리더니 한마디 더 했다.

"혹시 어디서 머리라도 부딪치고 온 것이냐?"

"그게 왜 그렇게 되는데? 그냥 성장했다고 생각할 수는 없는 거야?"

"쓰레기통을 뒤지던 까마귀가 어느 날 갑자기 거리를 청소하고 다니는 걸 성장이라고 하지는 않지. 어디서 머리라도 부딪쳐서 맛이 갔나? 하고 걱정하는 게 당연하지 않나."

"예전의 나란 인간의 이미지가 그랬던 거야?"

에트라는 울컥한 듯한 표정을 짓더니, 돌연 힘을 빼면서 말했다.

"아니, 뭐. 그냥 나도 내 나름대로 생각한 바가 있어서 그래."

그녀는 험악함이 사라진 온화한 표정을 짓고 있었다.

지난 18년 사이에 무슨 일이 있었던 걸지도 모른다.

그나저나 에트라가 나에게 했던 말——.

영원히 내가 우리 딸들의 곁에 있을 수는 없다는 것. 그 사실이 가시처럼 내 머릿속에 박혀서 계속 남아 있었다.

제14화

"음, 그래. 평생 함께 있을 수 있는 것도 아니니까."

그날 밤.

온 가족이 한자리에 모이는 저녁 식사 자리에서 나는 문득 그렇게 중얼거렸다. 그러자 그 공간 전체가 쥐 죽은 듯이 조용해졌다.

딸들이 충격을 받은 표정으로 나를 쳐다보고 있었다.

"아빠, 갑자기 왜 그래?"

안나가 의아하다는 듯이 이쪽을 살폈다.

"뭐, 뭔가, 안 좋은 일이라도 있었던 겁니까?"

엘자는 몹시 당황하고 있었다.

"안 좋은 일이라니?" 하고 내가 되물었다.

"저, 이를테면 거액의 빚을 지는 바람에 야반도주해야 할 상황이 되었다든가⋯⋯."

"메릴, 절대로 빚은 지면 안 된다고 내가 누누이 말했잖아? 어, 그래서? 어디서 얼마나 빌렸어?"

"응? 난 아무 데서도 안 빌렸는데."

"빚을 진 게 아니라면, 사고라도 친 건가요⋯⋯?"

"메릴, 도대체 무슨 짓을 한 거니?"

"잠깐만! 아니— 도대체 왜 내가 그랬을 거라고 처음부터 단정 짓는 거야?!"

"우리 집에서 사고를 칠 사람은 메릴밖에 없으니까."

"너무해! 저기, 실은 사고를 칠 것 같은 사람보다는 그런 이미지가 없는 사람이 의외로 큰 사고를 치는 법이거든?!"

메릴은 그렇게 말하더니 두 명의 딸들을 손가락으로 가리켰다.

"우리 집에서는, 그러니까——나보다는 엘자나 안나가 사고를 칠 가능성이 크다는 거야!"

"저, 저 말입니까?"

"흐음. 우리가 무슨 짓을 저지른다는 거야?"

"엘자는 과자를 주워 먹고, 안나는 업무상 횡령을 하는 거지."

"저, 저는, 그렇게 주접스러운 짓은 안 해요!"

"기가 막히네. 그리고 왜 나만 진짜 범죄를 저지르는 건데?"

안나는 어처구니없다는 듯이 그렇게 일축하더니.

"메릴. 네가 무슨 짓을 했는지 우리에게 자세히 설명해봐. 기사단장과 길드 마스터의 권력을 이용하면, 없었던 일로 만들 수 있을지도 모르니까."

"아니, 난 정말로 아무 짓도 안 했다니까?!"

"애야, 그보다도 그런 것을 은근슬쩍 없었던 일로 만들려고 하지 마라."

권력은 남용하면 안 된다.

"야반도주할 예정은 없어. 그저 옛날에 알고 지냈던 친구를 오늘 만났는데. 그때 들은 이야기가 생각나서."

"옛날에 알고 지냈던 친구——레지나 씨인가요?"

"그 녀석과도 같은 파티에 속했었던 다른 동료야. 에트라라는 마법사인데. 자기 생각을 거침없이 말하는 녀석이거든."

그래서 그 녀석 주위에는 다가오는 사람이 별로 없지만.

나는 그런 점을 싫어하지는 않았다.

이번 일——내가 딸들을 너무 오냐오냐해준다고 지적하고, 또 영원히 곁에 있을 수는 없다고 충고해준 것도 그랬다.

실은 싸움의 불씨가 될 만한 문제이므로 굳이 말할 필요도 없을 것이다. 그런데 싸우게 될 위험을 무릅쓰고 그 말을 해준 것이다.

그 덕분에 이렇게 생각을 해볼 기회를 얻었다.

"그러고 보니 너희들은 어때? 친구는 있어?"

"친구…… 말씀이세요?"

"응. 생각해보니 내가 딸들의 교우관계를 거의 파악하지 못한 것 같아서. 가족 이외의 인간과 제대로 관계를 맺고 있는지 궁금해져서 물어보는 거야."

인간은 타인과 관계를 맺음으로써 살아간다.

우리 딸들에게 가족 이외의 관계가 있는지 궁금했다.

"음, 글쎄요. 저는 기사단원들과는 조직을 원활히 운영하기 위해서라도 자주 대화를 나누고 있습니다. 여자분들과는 휴일에 같이 시내에 나가기도 하고요."

"거기서 몰래 디저트 파티를 벌이기도 하고. 맞지?"

"그, 그걸 어떻게 알았죠?!"

"후후. 길드 마스터의 정보망을 우습게 보면 안 돼."

엘자는 "으흑…… 설마 들켰을 줄은 몰랐어요" 하고 부끄러워하는 것처럼 귀를 빨갛게 물들였다. 엘자는 단것을 먹는 것을 연약한 행위라고 생각하는 것이다.

"……그리고 친구는 아니지만, 이 도시의 주민 여러분은 저에게 잘해주십니다. 제가 순찰할 때 종종 차를 대접해주시기도 해요."

엘자는 성실하게 일을 잘하기 때문에 시민들에게도 인기가 많았다. 대하기 어려운 존재였던 기사단의 이미지를 바꿔놓은 사람도 엘자였다.

"또 나탈리 씨도 저를 좋아하는 것 같아요. 친구가 아니라 상사로서 믿고 따르는 느낌이지만요."

"아, 그 녀석은……."

나탈리는 기사단의 여기사인데 엘자를 사모하고 있었다.

하지만 그것은 상사도 아니고 친구도 아니고, 연애 상대로서 엘자를 좋아하는 것이었다. 그 비밀을 아는 사람은 나 하나밖에 없었다.

아무튼 엘자는 제대로 주변 사람들과의 관계를 구축하고 있는 듯했다.

"안나, 넌 어때?"

"으음―. 친구라고 할 만한 사람은 모니카밖에 없을지도 몰라. 다른 길드 직원들은 나랑 나이 차이가 크거든."

"그렇구나. 직장 이외의 만남은 없어?"

"글쎄, 굳이 말하자면 최근에 바의 여주인과 친해진 거? 그 사람이 자주 내 푸념을 들어주거든. 사실 지금은 만날 야근하느라 바빠서 거기도 못 가고 있지만."

안나는 "그것도 다 에트라 씨 덕분이야"라고 지긋지긋하다는 듯이 중얼거렸다. 만약 에트라가 이곳에 있었다면 또 에트라의 목을 졸랐을지도 모른다.

안나도 충분히 자립한 것 같았다.

그런데 문제는…….

"메릴, 넌 어때?"

"한 명도 없어♪"

메릴은 태연한 표정으로 그렇게 대꾸했다.

"……학교 말고 다른 곳에서는?"

"한 명도 없어♪"

웃는 얼굴이었다.

"난 아빠만 있으면 그걸로 충분해♪"

"…………."

친구가 없는데 애써 괜찮은 척한다──는 느낌은 없었다. 진심으로 솔직하게 그렇게 생각한다는 것이 느껴졌다.

"메릴. 분명히 말해둘게. 난 영원히 함께 있을 수는 없어. 부모인 내가 너보다 먼저 세상을 떠나게 될 거야. 알지?"

"에이, 괜찮아─! 난 지금 불로불사 연구를 하고 있으니까! 그 연구가 완성되면 영원히 함께 살 수 있을 거야♪"

아무렇지도 않게 폭탄 발언을 하는 메릴.

불로불사.

그것은 지금까지 많은 사람이 꿈꾸다 실패했던 길이다.

"그렇게 되면 엘자랑도, 또 안나랑도 쭉 같이 살 수 있어."

"메릴은 정말로 실현할 것 같아서 무섭네요……."

"이 아이는 마법에 관해서는 진짜 천재이니까."

"메릴. 지금 중요한 것은 그게 아니야."

나는 메릴의 눈을 똑바로 보면서 타이르듯이 말했다.

"나한테는 내 인생이 있고, 너한테는 네 인생이 있는 거야. 엘자와 안나한테도 각자 자신의 인생이 있고. 그러니까 부모 자식이어도 평생 같이 있는 것은 불가능해. 언젠가는 서로 헤어져야 하는 날이 올 거야."

"아빠, 그게 무슨……?"

평소와는 다른 나의 태도에 메릴은 당황했다.

나는 미소를 지었다. 그리고 부드럽게 물어봤다.

"메릴. 넌 나를 좋아하니?"

"으, 응. 당연하지."

"나도 너를 사랑해. 그래서 걱정이 되는 거야. 내가 언젠가 사라져도 네가 혼자 잘 살아갈 수 있을지."

에트라는 나에게 말했다.

『네가 사라지더라도 스스로 잘 살아갈 수 있도록 해준다. 그것이 진정한 부모의 애정이잖아. 아니야?』

그 말이 옳다고 생각했다.

나는 우리 딸들을 사랑하면서 길러왔지만, 실은 단지 어리광을 받아줬을 뿐이지 실질적으로 딸들에게 도움이 되지는 않았을지도 모른다.

"······아빠는 내가 친구를 만들기를 바라는구나?"

"응. 그런 거지."

"친구를 만들면, 아빠는 나를 더 좋아하게 되는 거야?"

"응? 어, 음. 그럴걸?"

"그렇구나―♪ 알았어! 아빠가 그렇게 말한다면 나도 한번 친구를 만들어볼게!"

"그래?! 드디어 이해해준 거니?!"

"응―. 하지만 호문쿨루스는 만들어본 적이 없거든. 잘 만들 수 있을지 걱정이네. 아마 1주일 정도 있으면 만들 수 있다고 생각하지만."

"이해를 못 했구나······!"

나도 모르게 머리를 싸쥐었다.

"메릴아. 난 네가 인간관계를 맺기를 바라는 거야. 우리 가족이 아닌 타인과의 관계를. 호문쿨루스는 그런 게 아니잖아?"

관계성이 대등하지 않았다.

창조주와 그의 피조물이 되어버리는 것이다.

"이왕이면 너희 학교 학생과 친구가 되어주지 않을래?"

"뭐—? 치, 귀찮은데—. 음, 그래도 아빠를 위해서라면 한번 해 봐야지……."

마지못해 그렇게 말하는 메릴.

하지만 일단 의욕은 있는 것 같았다.

자기의 일은 스스로 할 수 있게 한다. 메릴은 부모에게서 독립하고, 나는 자식에게서 독립할 좋은 기회였다.

제15화

"흐음—. 메릴이 친구를 사귄다고?"

마법 학교 건물 내부의 복도에서.

내 이야기를 들은 에트라는 그렇게 중얼거렸다.

"응. 나나 가족 이외의 누군가와 관계를 맺는다면 메릴도 좀 달라지지 않을까? 하는 생각이 들어서. 그동안 나도 그 녀석을 너무 오냐오냐 키웠었어."

"그래, 네가 과보호 부모라는 것은 나도 부정하진 않는다만."

그러면서 에트라가 말을 이었다.

"그 아이가 학교 사람들과 그리 쉽게 친해질 수 있을까?"

"그게 무슨 뜻이야?"

"글쎄. 두고 보면 알 거다."

나와 에트라는 은근슬쩍 교실 안을 살펴봤다. 실은 은둔 마법을 사용하고 있으므로 우리가 다른 학생들에게 주목받을 걱정은 없었다.

마침 수업 종료를 알리는 벨이 울리고 있었다.

책상 위에 엎드려 졸고 있던 메릴이 번쩍 고개를 들었다. 흐아암 하고 졸린 것처럼 하품하더니, 입가에 묻은 침을 손등으로 닦았다.

"저 녀석…… 또 졸고 있었구나."

"어쩔 수 없지. 현자에게 이런 수업은 지루하기 짝이 없을 테니까."

메릴은 "으응—!" 하고 늘어지게 기지개를 켜더니 뒷자리를 돌아봤다. 칠판에 적힌 내용을 노트에 옮겨 적고 있는 여학생에게 말을 걸었다.

"저기, 있잖아—. 나랑 친구가 되자, 응?"

"네?!"

여학생은 깜짝 놀란 표정을 지었다.

"제가요? 메릴 씨의 친구가 된다고요?"

"응♪ 어때, 좋지?"

"아니에요! 현자인 메릴 씨와 친구가 되다니, 그건 너무 황송하잖아요!"

"에이, 그런 거 신경 쓸 필요 없어—."

"신경이 쓰여요! 아니, 갑자기 왜 이래요……?"

"내가 아빠한테 칭찬을 받아야 하니까!"

"카이젤 선생님한테……? 무슨 소리인지 전혀 이해가 안 가지만…… 아무튼! 다른 사람한테 이야기해보세요!"

"뭐어—……?"

거절당하는 바람에 메릴은 토라져버렸다. 자기 뺨을 긁적거리더니, 이번에는 그 옆에 앉아 있던 학생에게 말을 걸었다.

"으음—. 어, 그럼 거기 너라도 괜찮으니까. 내 친구가 될래?"

"너무 성의 없는 거 아냐? 나도 사양할래" 하고 다른 여학생이 쓴웃음을 지었다.

"왜?"

"메릴, 너는 저 높은 구름 위에서 노는 사람 같거든. 나하고는 안 어울리는 느낌? 아, 그리고 그런 옷을 입은 사람이랑 같이 다니기는 좀……."

"뭐? 어, 농담이지? 이 옷 예쁘지 않아?"

"예쁜가? 그건 그럴지도 모르지만. 적어도 그 옆에서 나란히 걷고 싶지는 않아."

"헉─……."

메릴은 여학생의 솔직한 의견을 듣고 깜짝 놀랐다.

하기야 저렇게 노출이 심한 옷이라면 당연히 주변 사람들이 기이하게 쳐다볼 테니까. 같이 다니는 것에 저항감을 느끼는 것도 이해가 갔다.

어쩌면 메릴의 저 복장이 '다가가기 어려운 분위기'를 배가시키고 있는 걸지도 모른다.

"아! 그래, 좋은 생각이 났다! 이렇게 하자!"

뭔가 좋은 아이디어라도 생각난 걸까.

메릴은 벌떡 일어나서 교실 앞에 있는 교단 위로 올라갔다. 그리고 그곳을 중심으로 절구처럼 둥글게 배치된 좌석에 앉아 있는 학생들을 둘러보더니──.

"자, 여러분! 주─모─옥─!"

짝짝 손뼉을 치고 말을 걸었다.

학생들의 시선은 단상에 서 있는 메릴에게 집중됐다.

"지금부터 내가, 우리 반 학생들 모두에게 결투를 신청합니다!"

"결투……?"

"그게 뭐야?"

"이긴 사람은 진 사람에게 뭐든지 마음대로 시킬 수 있어! 여기서 내가 이기면, 진 사람한테는 내 친구가 되어 달라고 할 거야♪"

다짜고짜 조건을 들이댔다.

"자, 그럼 시작한다—! 파이널 버스트—."

메릴이 들어 올린 손바닥에 마력이 집중되기 시작하자, 비명이 터져 나오면서 학생들이 눈사태처럼 우르르 교실 밖으로 쏟아져 나가려고 했다.

이제 막 교실이 초토화되려는 그 순간.

"자, 잠깐만! 뭐 하는 거예요?!"

반장인 피오나가 허둥지둥 뛰어왔다.

"메릴 양! 스톱, 스톱!"

"아, 피오나. 너도 참가할래?"

"안 해요! 아니, 도대체 뭐 하는 겁니까?!"

"친구 사귀는 중인데?"

"어딜 봐서?! 이건 완벽한 파괴 활동이잖아요?!"

피오나는 가까이 있는 학생에게서 이야기를 듣고 대충 상황을 파악한 뒤, 휴 하고 이마를 짚으며 한숨을 크게 내쉬었다.

"어처구니가 없네요……. 결투해서 패배시킨 상대를 친구로 삼겠다고요?"

"응, 명안이지?"

"그런 식으로 사귄 친구는 진정한 친구가 아니에요."

"어, 알았어. 그럼 그냥 피오나랑 친구 하지, 뭐."

"거절하겠습니다!"

피오나는 단호하게 딱 잘라 말했다.

"메릴 양처럼 학교의 풍기를 문란하게 하는 사람과 친해질 수는 없습니다. 그랬다가는 선도부원인 저의 견식이 의심을 받게 될 테니까요."

"뭐라고──……?"

"게다가 방금 저와 친구가 되겠다고 말할 때, 엄청나게 현실과 타협하는 듯한 말투였잖아요? 그게 마음에 안 듭니다. '그럼 그냥'이라니. '그럼 그냥'이 대체 뭡니까? 진심이 아니란 티가 팍팍 나잖아요. 그렇게 '어쩔 수 없으니까 사귀어준다'라는 식의 관계는 오래갈 수 없어요."

팔짱을 끼고 고개를 반대쪽으로 휙 돌려버리는 피오나.

말 붙일 엄두도 못 낼 정도로 쌀쌀맞은 태도였다.

"저거 봐. 아까 내가 말했지?"

피오나와 메릴의 대화 장면을 지켜보고 있는데 옆에서 에트라가 그렇게 속삭였다.

"현자라고 칭송받을 정도로 재능이 있는 녀석은 어중이떠중이들과 사이좋게 지낼 수 없어. 왜냐하면 범재는 천재를 이해하지 못하니까."

"그건 네 실제 경험이야?"

"나 같은 경우에는 애초에 가까이 다가가려고 하지도 않았지."

메릴은 고향 마을에서 살 때도 학교의 학생들과 사이가 좋지는 않았다. 메릴이 워낙 재능이 있다 보니, 주변 사람들은 메릴에게 다가가기 어렵다고 생각했던 모양이다.

메릴도 그것을 눈치챘는지 아니면 남에게 관심이 없었기 때문인지, 아무튼 그들에게 가까이 다가가려고 한 적은 없었다.

아마도 그 폐해일까.

좀 전에 메릴과 같은 반 친구들의 대화 장면을 보면서 생각해 봤는데, 메릴은 타인과의 거리를 좁히는 방법이 꽤 극단적인 것 같았다.

적당히 할 줄을 모르는 것이다.

"어째 갈 길이 험난해 보이는구나. 어쩌면 가기도 전에 일찌감치 포기할지도 모르지만"

에트라의 말과 동시에 종소리가 울려 퍼졌다.

"——아. 슬슬 시간이 다 됐네."

"응? 어디 가는데?"

나는 의아해서 물어보았다.

"다음 수업을 하러 가는데."

"뭐야, 너 강사가 됐어?"

"응, 시간 강사이지만. 모험가 의뢰를 받아서 번 돈을 카지노에서 써버리고 빚을 지게 되었는데, 그때 마릴린이 그 빚을 대신 떠

맡아줬어."

"뭐라고? 처음 듣는 이야기인데. ——어, 그래서 빚 갚느라 강사로 일하는 거야?"

"모험가 의뢰만 받아서는 그 빚을 다 갚을 수 없거든. 하지만 괜찮아. 일당을 받으면 즉시 카지노에 가서 돈을 불려서 빚을 다 갚을 거니까."

"……너도, 메릴도 참……. 현자라고 불리면서도, 마법 이외의 분야에서는 정말로 바보 같은 짓을 하는구나……."

소위 천재란 녀석들은 머리의 나사가 빠졌나 보다. 확실하다.

제16화

"아빠—. 난 친구 사귀는 방법이 뭔지 모르겠어—."

학교 수업이 끝난 후, 그날 밤.

메릴은 술집 테이블 위에 엎드리면서 그렇게 말했다.

"있잖아, 다들 전혀 내 친구가 되어줄 마음이 없더라니까?! 나만 따돌리고 있어! 불쌍하지? 그러니까 머리 쓰다듬어줘!"

"그래, 그래."

나는 메릴이 시키는 대로 그 머리를 쓰다듬어줬다.

"에헤헤—♪ 이제야 좀 살 것 같아—♪"

"이봐, 그게 바로 오냐오냐해주는 거라니까?"

옆에 앉아 있던 에트라가 어처구니없다는 듯이 말했다.

"머리를 쓰다듬어 달라는 소리를 들으면 뺨이라도 한 대 쳐야지, 응?"

"그건 너무 엄하잖아."

그보다, 아이한테 손찌검하라고 부추기면 어쩌자는 거야?

"흠. 메릴 군이 고민한다니, 이건 보기 드문 일이군."

우리 맞은편에 앉아 있는 남자가 안경다리를 밀어 올리면서 중얼거렸다.

메릴은 그제야 겨우 그 존재를 눈치챈 것처럼 말했다.

"어라? 왜 노먼 선생님이랑 딴 사람들까지 여기 있는 거야?"

"메릴 군. 그건 아니지. 우리가 네가 있는 곳에 쳐들어온 게 아니라, 네가 우리들의 회식 자리에 쳐들어온 거야."

"오히려 나는 왜 여기 있어야 하는 건데?"

우리 옆에 앉아 있는 에트라가 불만스럽게 중얼거렸다.

"에트라 씨도 우리와 같은 강사이니까. 이건 환영회다. 그리고 현자라고 칭송받는 고명한 마법사의 이야기를 꼭 들어보고 싶었거든."

수업이 끝났을 때였다.

나에게 찾아온 노먼이 두 손 모으고 간절히 부탁했다.

에트라와 이야기할 수 있는 자리를 마련해 달라고.

노먼은 현자인 에트라를 존경하고 있었나 보다. 그래서 꼭 한 번 직접 만나서 대화를 나눠보고 싶다는 것이었다.

그렇다면야 하고 나는 에트라에게 말을 걸었다. 그리고 거절하려고 하는 에트라를 간신히 붙잡아 여기까지 끌고 왔다.

"지금 여기는 어른들끼리 마법에 관해 열띤 토론을 하는 곳이야. 어린애는 잠을 잘 시간이다. 너는 당장 집에 돌아가서 내일을 위해 잠이나 자라."

메릴을 여기서 내보내려고 하는 노먼.

그런데 그때——.

"왜요, 괜찮잖아요? 사람이 많으면 많을수록 떠들썩해서 즐거우니까."

그렇게 말한 사람은 노먼의 옆에 앉아 있는 여성——이레네였다.

안경이 잘 어울리는 이지적인 외모. 냉미녀라는 말을 형상화한 듯한 풍모. 이 여성은 우리의 동료 강사였다.

"이레네 선생님……."

노먼은 이레네 앞에서 한심하게 얼빠진 표정을 지었다.

"흠! 그래, 이레네 선생님의 말이 맞아! 술자리란 것은 사람이 많이 있어야 흥이 넘치는 법이니까. 좋아, 메릴 군도 환영하자!"

이레네의 말을 듣자마자 그는 고속으로 태도를 바꿨다. 노먼은 동료인 이레네를 남몰래 좋아하고 있었기 때문이다.

"이레네 선생님은 예전에 에트라 씨와 이야기해보고 싶다고 말했었지. 자, 내가 주도해서 성사된 오늘의 이 만남을 마음껏 즐기자!"

마치 에트라를 데려온 사람이 자기인 것처럼 떠들어대고 있었다.

까다로운 에트라를 열심히 어르고 달랜 사람은 나였는데…….

노먼은 자기가 좋아하는 이레네 앞에서 멋진 모습을 보여주고 싶은 것이리라.

그 속내를 눈치챘는지 이레네는 쓴웃음을 짓고 있었다. 아니, 어쩌면 단지 친절을 강매하는 듯한 그 태도에 질려버린 걸지도 모른다.

"그나저나 메릴 씨. 친구 사귀기가 어려워서 고민하고 있다고요?"

이레네는 자연스럽게 화제를 바꿨다.

그러자 메릴이 손에 들고 있는 오렌지 주스를 마시고는 대답했다.

"응—. 맞아, 실은 그래. 어떻게 하면 친구를 사귈 수 있을까?"

"친구? 그런 것은 별로 필요 없지 않아?"

"?!"

깜짝 놀랐다. 노먼이 근본부터 뒤엎는 발언을 했으므로.

"그게 무슨 소리야?"

"마법사는 마법을 탐구하는 것이 본분이야. 쓸데없는 교제 따위는 필요 없어. 현자라고 불릴 만큼 재능이 있는 인간이라면 더더욱 그렇고."

노먼은 그렇게 이야기하더니 말을 이었다.

"누구랑 사귀려고 애쓰지 않고 오로지 마법에만 전념하는 것이 숭고한 삶의 방식이다!"

거창하게 양팔을 벌리면서 마치 연설이라도 하는 것처럼 이야기했다.

"흐음. 그렇구나."

메릴은 은근히 납득하는 쪽으로 마음이 기울고 있었다.

그런데 그때.

"저는 그렇게 생각하지 않아요. 친구가 있으면 좀 더 풍요로운 삶을 살아갈 수 있으니까요" 하고 이레네가 이의를 제기했다.

그 말을 들은 노먼은 불복하는 것처럼 표정을 일그러뜨렸다.

"허. 아무리 이레네 선생님이 내놓으신 의견이어도, 그것은 흘려들을 수 없는 이야기군요. 마법사는 누구랑 친하게 지낼 필요가 없을 텐데요?"

"친하게 지낼 필요는 없지만, 함께 절차탁마함으로써 더 높은 곳을 지향할 수는 있습니다. 서로에게 좋은 영향을 줄 수 있어요."

"흥. 그것은 범속한 발상이군요."

노먼은 안경다리를 손가락으로 밀어 올리더니 상대에게 대들었다.

"절차탁마할 시간이 있으면 혼자서 단련하는 게 더 효율적이지. 사람과 사귀는 데 필요한 노력을 생각하면, 그건 쓸데없는 낭비입니다."

"저는 노먼 선생님이 진심으로 그렇게 믿는다고 생각하지는 않아요."

"……뭐라고요?"

"단지 본인이 친구가 없었기 때문에, 그걸 정당화하기 위해 그렇게 말씀하시는 게 아닌가요?"

"무, 무슨 말도 안 되는 소리를! 당신 마음대로 억측하지 마세요!"

거칠게 항의하는 노먼. 그 표정은 굳어져 있었다.

"하지만 당신은 교내에서 친하게 노는 학생들을 보면 조용히 혀를 차기도 하고, 사이좋은 커플을 보면 괜히 성내면서 소리를 지르기도 하잖아요."

그 광경은 나도 목격한 적이 있었다.

교내에 있는 커플을 발견하자마자 그쪽으로 뛰어가서.

『이곳은 신성한 마법의 배움터이다! 원숭이처럼 찰싹 달라붙어 노는 곳이 아니야! 당장 퇴학을 당하고 싶냐?! 응?!』

눈을 부릅뜨고 마치 귀신 들린 것처럼 소리를 질러대는 것이었다. 멀리서 제삼자가 보기에는 소름 끼치는 광경이었고, 실제로 학생들도 완전히 질린 것처럼 보였다.

"그것은 본인이 친구도 애인도 없어서 그저 마법에만 매진할 수밖에 없는 쓸쓸한 학창 시절을 보냈다, 뭐 그린 콤플렉스의 왜곡된 발로가 아닌가요?"

"끄윽……!"

그런 지적을 받고 뺨이 파들파들 떨리는 노먼.

하지만 이레네의 말은 멈추지 않았다.

"더구나, 노먼 선생님은 여자들끼리 사이좋게 지낼 때만 당신은 이상하리만치 온화한 미소를 지으면서 조용히 감동의 눈물을 흘리시잖아요."

"그야 물론, 백합은 고귀한 것이니까!"

쾅!!

노먼은 진심을 담은 주먹으로 테이블을 두드렸다.

"……뭐야? 이 녀석. 벌써 취했나?"

"아니, 아직 한 잔도 안 마셨어. 완벽하게 맨정신이야."

나는 그렇게 대답했다.

"그래! 나도 말이지! 친구나 애인을 사귀고 싶었어! 그저 방과 후에 여자 친구와 함께 교복 데이트를 해보고 싶어 하는 인생이었어!"

우워어어어어어! 하고 짐승처럼 포효하더니 테이블 위에 털퍼
덕 엎드리는 노먼.

"나의 청춘 콤플렉스는 도대체 어떻게 하면 사라지는 건데에에
에에에?!"

"역시 이 녀석, 고주망태 아니야?"

"아니, 아직 한 잔도 안 마셨어. 완벽하게 맨정신이야."

그렇게 나는 토씨 하나 안 빼놓고 똑같은 말을 반복했다.

"수상한 약물을 복용한 것도 아닌 것 같아."

"맨정신인데도 이상하면 오히려 더 위험한 거 아냐?"

"메릴 씨, 이거 보면 알겠죠? 친구가 없으면 이렇게 나중에 청
춘 좀비가 되어버린답니다."

이레네가 타이르듯이 말했다.

"또 진정한 친구는 자신이 길을 잘못 들었을 때 그것을 바로잡
아줍니다. 자기 혼자서는 뭔가 잘못돼도 교정하지 못하고 결국
이렇게 되어버리는 거예요."

반면교사 취급을 당하는 노먼.

"으음—. 그런가—?"

이레네에게 설득당해서 메릴의 마음속의 천칭이 기울어지기
시작했다.

조금만 더 하면 완전히 설득할 수 있지 않을까? 그렇게 기대했
을 때, 우리의 등 뒤에서 당당한 목소리가 울려 퍼졌다.

"——아니다. 친구 따위는 쓸모없는 존재야."

"앗, 레지나?!"

그쪽을 돌아봤다. 뒷자리에 레지나가 있었다.

오늘도 혼자 술을 마시고 있었나 보다.

테이블 위에는 텅 빈 맥주잔이 주르르 늘어서 있었다.

"남들과 어울려 지내지 않으면 살아가지 못한다? 그것은 약자라는 증거야. 그 누구와도 설탁하지 않고 끝까지 고고하게 살아가는 것이 진정한 강자이다."

"오오—!"

단언하듯이 강하게 딱 잘라 말하는 레지나. 메릴은 그 말에 감화된 것 같았다. 기울어지던 천칭이 다시 원상태로 돌아와 버렸다.

큰일 났네. 메릴이 가족 이외의 관계를 맺게 해주고 싶은데.

……지금은 레지나의 주장에 끼어들어 반박해야겠다.

"하지만 너는 우리랑 어울려 지냈잖아?"

"헉?!"

내가 지적하자, 레지나는 말문이 막혔다.

"그건…… 너희들이 끈질기게 쫓아다니니까, 어쩔 수 없이 그런 거지."

"레지나. 넌 싫었어?"

"벼, 별로, 싫은 건 아니지만."

레지나는 중얼거렸다.

"오히려 내 인생에서 그 시간은 가장 충실했던——으읍!"

취해서 그런 걸까? 무심코 말실수를 한 모양이다.

레지나는 자기 입을 틀어막더니 이마를 테이블에 쿵쿵 박기 시작했다. 주위에 있는 손님들이 그 기행을 보고 식겁했다.

"쟤는 또 왜 저래? 완전히 취해버린 거야?"

"저렇게 마셨으면 그야 취했겠지."

어이없어하는 에트라에게 나는 그렇게 말한 뒤 메릴을 돌아봤다.

"방금 레지나가 한 말, 들었지? 레지나는 우리와 같은 파티에 속해 있었던 기간이 제일 충실했다고 말했어."

"친구나 동료가 있는 게 좋다는 거야?"

"응, 그런 거야."

내가 긍정하자, 이레네가 메릴에게 말했다.

"어른이 되어서도 친구가 없으면, 저 여자처럼 밤마다 술집에서 혼자 쓸쓸하게 술만 마시는 생활을 하게 됩니다."

"――크헉!"

이레네의 돌직구 같은 한마디에 레지나는 피를 토했다.

드래곤의 공격조차 막아낼 정도로 높은 방어력을 자랑하는 레지나도 언어의 나이프에 대한 방어력은 낮은가 보다.

"으음――. 그건 좀, 싫을지도 몰라."

"착각하지 마! 나는 내가 원해서 혼자 술을 마시고 있는 거야! 내가 마음만 먹으면 같이 술 마실 상대 한두 명쯤은 얼마든지 조달할 수 있어!"

"구체적으로 그게 누구인데?"

"그, 그건. 아, 아무튼 많아."

"넌 옛날부터 쭉 외톨이였잖아. 허세 부리지 마. 솔직하게 친구가 없다는 사실을 인정하도록 해."

"그렇게 따지면 너도 마찬가지잖아!"

레지나는 에트라를 향해 소리를 질렀다.

"옛날에 너는 나보다 더 염세적인 인간이었어. 그런데 소문을 들어보니, 뭐, 어째? 요새는 마법 학교 강사로도 일한다면서? 그동안 이 세상을 미워하고 주변 인간들을 깔봤으면서, 도대체 무슨 바람이 분 거야?"

"도박으로 진 빚을 갚기 위해서 그런 거야."

"하지만 예전의 너라면 그것도 그냥 떼어먹고 모르는 척했을 거야. 어차피 약속을 깨뜨려도, 그에 대한 제재를 무의미하게 만들어버릴 만한 능력이 있으니까."

"아무렇지도 않게 사실무근의 악평을 퍼뜨리지 말라고? 나는 돈 떼어먹은 적 없어. 그저 변제일을 끝없이 뒤로 미뤘을 뿐이지."

"결국 그게 그거 아냐?"

거의 떼어먹는 거나 마찬가지잖아.

"……뭐, 아무튼. 나도 여러모로 생각하는 바가 있었어. 이제 슬슬 자기 자신만을 위해 살아가는 것도 질리기 시작했고."

그러더니 에트라는 말을 이었다.

"이 아이를 보면 과거의 나랑 비슷한 점이 있다는 생각이 들어. 그래서 신경 쓰인다고나 할까, 왠지 내버려 둘 수 없단 말이지."

"에트라 씨와 내가 비슷한 점이 있다고? 가슴이 작은 거?"

"아니야. 너 확 날려버린다."

"시건방진 성격이 비슷한 거겠지."

"아니라고 했잖아."

"장르는 달라도 똑같이 글러 먹은 인간이라는 점이 아닐까?"

"이봐, 너희들. 그냥 욕을 하고 싶어서 그러는 거지? 혹시 나랑 싸우고 싶어? 그럼 좋아, 당장 밖으로 나와. 묵사발을 만들어 주마."

어느새 술자리 분위기는 후끈 달아올랐다.

말다툼하기도 하고, 그걸 보면서 즐겁게 웃기도 하는 다른 사람들을 구경하면서 나는 내 옆에 앉아 있는 메릴의 머리 위에 가볍게 손을 올렸다.

"뭐, 어쨌든 메릴, 너도 좀 더 노력해봐. 친구나 동료가 너에게 필요한지 안 필요한지는 실제로 사귀어보기 전까지는 모르는 거니까."

메릴은 오렌지 주스를 마시면서 "응—" 하고 살짝 고개를 끄덕였다.

제17화

다음 날 아침.

메릴은 마법 학교 교실의 책상 위에 엎드려 있었다.

"으음―. 어떻게 하지―?"

쑥 내민 윗입술과 코 사이에 펜을 끼워놓고 곰곰이 생각에 잠겨 있었다.

"메릴, 안녕?"

그때 등교한 폴라가 그녀에게 말을 걸었다.

"어? 폴라. 너 어제 여기 없었지?"

"응, 집안 사정 때문에 학교는 쉬었어. 그런데 너 왜 그래? 뭔가 고민이 있는 것 같은데."

"실은 친구 사귀는 방법이 뭔지 몰라서―."

윗입술과 코 사이에 끼운 펜을 꼬물꼬물 움직이면서 대꾸했다.

"친구?"

폴라가 그렇게 물어보자 메릴은 가볍게 고개를 끄덕였다.

"아빠한테 칭찬을 받으려면 친구를 사귀어야 하거든. 그래서 우리 반 애들 모두에게 말을 걸었는데, 이상하게도 잘 안 되더라고."

"그, 그랬구나."

"그러고 보니 폴라, 넌 친구 있어?"

"응? 어, 응. 일단은 있지. 많지는 않아도."

폴라가 그렇게 대답하자 메릴은 "오~" 하고 감탄했다.

"그건 어떻게 사귄 거야?"

"어떻게 사귀었냐고……? 글쎄, 조금씩 이야기를 하게 되다가, 어느 날 정신 차려 보니 자연스럽게 같이 있었어."

"뭐야―. 제대로 재현성 있는 이론으로 설명해주지 않으면 이해할 수 없어! 친구를 사귄다는 것은 마법 창조보다 더 어려운 것 같아!"

"나는 마법이 훨씬 더 어렵다고 생각하는데."

가치관의 차이 때문에 폴라가 난처한 것처럼 쓴웃음을 지었다.

"음―. 어떻게 하면 친구를 사귈 수 있을까?"

"어, 저기."

"응? 왜?"

"우리는 이미 친구 아냐?"

"뭐?"

"메릴이 어떻게 생각하는지는 모르겠지만, 나, 나는 이미 너를 친구라고 생각……하거든?"

"뭐라고?! 우리가 친구였어?!"

"아. 넌 그렇게 생각하지 않았구나. 하긴 그래. 나처럼 한심한 인간이 메릴의 친구가 된다는 것은 너무 주제넘은 짓이지……."

서글프게 "아하하" 하고 공허한 웃음을 짓는 폴라.

메릴은 허둥지둥 변명했다.

"아니, 그게 아니라! 우리가 도대체 언제 친구가 된 거야?! 친구가 되자고 누가 말한 적도 없잖아?"

"물론 그런 말은 안 했지만……. 결투를 앞두고 무대 공포증을 고치려고 했을 때, 네가 나를 여러모로 도와줬잖아?"

"응."

"같이 길거리 공연도 했고, 우리 둘이 똑같은 교복을 입기도 했고. 그러는 사이에 서로 점점 친해졌잖아. 그래서 이제는 친구 아닌가? 하고 생각했는데."

"어, 그럼, 친구라고 생각하면 이미 친구인 거야?"

"내 생각에는 그럴 것 같은데……."

"에헤헤. 내가 또 한층 더 똑똑해졌구나……."

"왜 그렇게 시끄럽게 떠들고 있는 거죠?"

그때 반장인 피오나가 끼어들었다. 문제아인 메릴을 힐끗 쏘아보는 그 눈은 의심하는 눈초리였다.

"또 폴라 양을 괴롭히고 있는 건가요?"

"아, 아니야. 메릴은 나를 괴롭히지 않아."

"후후. 피오나야. 내가 엄청난 사실을 가르쳐줄게. 있잖아, 실은 놀랍게도! 나랑 폴라는 친구였어!"

"네?"

메릴이 의기양양한 얼굴로 팔짱을 끼고 가슴을 활짝 펴자, 피오나는 곤혹을 느꼈다.

"너 그거 알아? 친구란 것은, 친구라고 생각하면 이미 친구인 거야. 굳이 소리 내어 말하지 않는 거지."

"아, 네."

"그렇다면 나랑 피오나, 너도 친구인 거지?"

"아닙니다."

"어라?"

"저는 메릴 양과 친구가 된 적 없어요."

"그런 적 없어도, 내가 너랑 친구라고 생각하면 그 순간부터 이미 우리는 친구인 거야. 안 그래?"

"메릴 양이 어떻게 생각하든 상관없습니다만, 저는 그런 것은 인정하지 않아요. 고로 우리는 객관적으로 볼 때 친구는 아닙니다."

"와, 뭔가 어렵네……."

이해했다고 생각했는데 곧장 부정당하자 메릴은 "끄응" 하고 신음했다.

피오나는 자기가 좀 박정하게 대했다는 생각이 들었는지, 어험 하고 헛기침을 하더니 힐끔 메릴을 보면서 말했다.

"글쎄요. 당신이 개심해서 처신을 똑바로 한다면 한번 생각해 볼 수도 있어요. 본디 저는 당신을 싫어하는 것은 아니——어, 어라?"

"뭐, 일단 친구 한 명은 생겼으니까 괜찮아—♪ 아빠한테 보고 하러 가야겠다—! 그러면 아빠가 내 머리를 쓰다듬어줄 거야—."

"벌써 가버렸나 봐."

"……절대로. 당신하고는 친구가 되어주지 않을 거예요!"

"아빠—♪ 나 친구 생겼어—! 칭찬해줘, 칭찬!"

163

쉬는 시간.

복도를 걷고 있던 나를 향해 메릴이 뛰어왔다.

"친구가 생겼다고?"

"응! 폴라가 내 친구가 되어줬어!"

시치미를 뚝 떼고 물어봤는데, 사실 나는 아까 숨어서 그 대화 장면을 지켜보고 있었으므로 다 알고 있었다. 피오나가 그 후 화가 났다는 것도.

"그랬구나. 잘됐다."

"이로써 아빠는 나를 더 좋아하게 될 거야♪"

"맞아. 하지만 친구라는 것은 사귄 순간 끝나는 게 아니야. 넌 앞으로 폴라와의 관계성을 좀 더 깊게 발전시켜 나가야 해."

"응? 어떻게?"

"그건 메릴, 네가 스스로 생각해봐야지. 폴라와 친해지기 위해 이것저것 시도해봐."

"으—음. 어렵다……."

메릴은 끄으응 하고 신음하고 있었다.

"마법처럼 '이렇게 하면 된다!'라는 법칙이 없잖아—?"

"그 점이 좋은 거지."

"난 아직 그게 뭐가 좋은지 모르겠어. 하지만 내가 친구랑 친해지면, 아빠는 나를 더 많이 칭찬해주겠지?"

"맞아."

"나랑 결혼해서 애도 낳아줄 거야?"

"아니."

"쳇—. 분위기상 얼렁뚱땅 성공할 줄 알았는데—."

부모 없이도 알아서 살아갈 수 있도록 다른 관계를 맺는 것인데.

역시 메릴은 아직 이해하지 못한 것 같았다.

뭐, 필요 없다고 이야기하던 시절보다는 훨씬 더 나아지긴 했지만. 폴라와 같이 지내다 보면 점점 생각이 달라질지도 모른다.

나는 그런 메릴을 뒤에서 조용히 지켜볼 뿐이다.

제18화

메릴이 폴라를 우리 집에 데려오기로 했다. 그런 보고를 받은 순간, 거실에 있던 우리 가족들은 일제히 술렁거렸다.

"메릴이 우리 집에 친구를 데려온다고……?"

안나가 놀라서 눈을 크게 뜨고 있었다.

"고향에 있던 시절부터 한 번도 그런 일은 없었는데. ……와, 어쩌면 내일은 왕도에 눈이 올지도 몰라."

"왜 내가 친구를 데려오면 눈이 온다는 거야?"

"그 정도로 충격적인 사건이라는 뜻이야."

"후후. 나도 마음만 먹으면 얼마든지 해낼 수 있거든?"

의기양양하게 가슴을 활짝 펴는 메릴.

엘자가 놀란 얼굴로 말했다.

"친구분이 집에 온다면 다과가 필요하겠네요. 다음에 순찰할 때 사서 올게요."

"난 마카롱 먹고 싶어!"

그러자 안나가 끄덕이며 말했다.

"일단 집 청소부터 해야겠어. 너무 바빠서 그냥 어질러놓고 살았는데. 오늘은 다들 쉬는 날이니까 청소를 하자. 그러고 보니 메릴. 네 친구는 언제 우리 집에 오기로 했어? 내일? 모레?"

"오늘인데."

"""""오늘?!"""""

"응. 약 10분 후에는 도착하지 않을까?"

"""10분 후?!"""

준비 시간이 너무 짧았다. 우리는 놀라서 거품을 물 뻔했다.

안나는 메릴의 멱살을 확 잡으면서 말했다.

"그런 것은 좀 더 빨리 말해줘야지, 응?!"

"어, 왜?"

"이것저것 준비할 게 있잖아?! 다과도 사 오고, 집 청소도 해야 하고! 지금 이 집의 상태를 봐, 도저히 손님을 부를 만한 상태가 아니잖아?!"

"에이, 뭐 어때. 이게 거짓 없는 현실인걸."

"안 돼! 게다가 그 폴라라는 아이는 명문가 출신이잖아? 그럼 더더욱 이 꼴이 된 집으로 들어오게 할 수는 없어!"

그때 현관에서 초인종이 울렸다.

아마도 폴라가 도착한 것 같았다.

"메릴! 지금 당장 집 안을 청소할 테니까! 정리될 때까지 네가 우선 폴라를 현관 앞에다 붙잡아둬!"

"어휴―. 어쩔 수 없네―."

"저는 그 틈에 손님에게 내놓을 다과를 사 오겠습니다! 현관으로는 나갈 수 없으니까 2층 창문을 통해 밖으로 탈출할게요!"

"아니. 그냥 평범하게 현관으로 나가도 되잖아?"

"우리가 일부러 다과를 사러 나갔다는 사실을 알게 되면, 상대도 괜히 미안해할 테니까요. 그건 손님 대접으로서 삼류입니다."

167

그러더니 엘자는 말을 이었다.

"그럼 다녀오겠습니다!"

즉시 2층 창문으로 뛰쳐나갔다. 새처럼 아름답게 날아서 돌바닥 위에 착지하더니 부리나케 시장 쪽으로 뛰어갔다.

그 뒷모습이 콩알같이 작아지는 것을 지켜본 뒤.

"안나. 나는 뭘 하면 돼?"

그렇게 지시를 요청했다.

"아빠는 여기 있으면 청소하는 데 방해되니까 밖에 나가서 적당히 있다가 와."

"네."

내가 할 수 있는 일은 아쉽지만 하나도 없는 것 같았다. 휴일에 집에 있으면 가족들에게 성가시다고 눈총을 받는 아버지의 심정을 조금 이해할 수 있게 되었다.

나는 메릴과 함께 폴라를 붙잡아놓기 위해 현관 앞으로 향했다. 문을 열자 사복을 입은 폴라의 모습이 보였다.

"메릴, 안녕? 카이젤 선생님, 안녕하세요? 오늘은 집에 초대해주셔서 감사합니다."

폴라는 고개를 깊이 숙여 인사하더니.

"저, 그리고 입에 맞으실지 모르겠지만요. 선물을 가져왔어요."

선물용 과자 상자를 내밀었다.

"아니, 이런 것까지 준비해올 필요는 없었는데……."

이런 세세한 부분까지 신경 쓰다니. 역시 폴라는 훌륭한 양갓

집 따님이구나 싶었다.

"왜, 나는 남이 나한테 주는 거면 뭐든지 좋은데? 앗, 마카롱이 싫어—?! 안 그래도 나 지금 이거 먹고 싶었어—."

"이봐, 메릴! 다짜고짜 포장지 뜯어서 먹기 시작하면 어떡하니?! 앗, 먹고 나서 맛있다는 듯이 손가락 빨지 마!"

역시 메릴은 서민 가정의 자식이었다. 품성이나 예의란 것이 눈물 날 정도로 부족했다. 내가 교육을 제대로 못 했기 때문이다.

"아—. 맛있었다 ♪"

"우와, 전부 다 먹었네……."

아연실색하는 나의 눈앞에는 텅 빈 과자 상자가 남아 있었다.

"폴라, 정말 미안하다!"

"아뇨, 아뇨, 괜찮아요!"

폴라는 허둥지둥 가슴 앞으로 양손을 들어 좌우로 흔들었다.

"우후후. 메릴이 좋아해서 다행이다."

폴라는 생글생글 즐겁게 웃고 있었다. 전혀 기분이 나빠진 것 같지도 않았고, 애써 괜찮은 척하는 것 같지도 않았다.

정말 훌륭한 인격자군.

"그런데…… 안에는 안 들어가?"

메릴이 집 안으로 들어가려고 하지 않자, 폴라는 의아해했다. 아까부터 우리는 현관 앞에 계속 서 있었다.

"아, 폴라. 집에 들어가기 전에 네 소지품 검사를 할 거야."

"소지품 검사?"

"네가 뭔가 수상한 물건을 가지고 들어오려고 하는 게 아닐까 걱정도 되고. 어쩌면 나쁜 짓을 꾸미고 있을지도 모르잖아?"

"뭐라고?! 저기, 난 수상한 물건은 안 가지고 있거든?! 나쁜 짓도 안 해!"

"원래 수상한 사람은 다들 그렇게 주장해! 그리고 여기 오는 도중에 네가 습격을 당해서 악당에게 조종당하고 있을 가능성도 있잖아?"

"그런 것을 의심한다면 애초에 과자를 먹지 마."

나는 그렇게 말했다. 독을 섞었을 가능성도 있잖아.

뭐, 실은 정말로 폴라를 의심해서 그런 것이 아니라, 안나가 시간을 벌라고 명령했기 때문에 메릴도 저런 말을 하는 것이겠지만.

『지금 집 청소를 하고 있다는 사실은 절대로 말하지 마! 뭔가 그럴싸한 핑계를 대서, 내가 괜찮다고 할 때까지는 어떻게든 그 애를 붙잡아놔!』

그렇게 안나가 몇 번이나 단단히 일러뒀던 것이다.

"응, 좋아. 마음껏 검사해봐. 그래서 메릴, 네가 안심할 수 있다면."

폴라는 싫어하는 내색 하나 없이 흔쾌히 응하면서 양팔을 벌렸다.

너무나 착했다.

이 아이는 천사가 인간으로 다시 태어난 걸지도 모른다.

"참 좋은 기개야! 좋아, 그럼 사양하지 않고 해볼게♪"

메릴은 양손 손가락을 꿈질꿈질 움직이더니 폴라의 몸쪽으로 손을 뻗었다.

"응……. 후훗. 아이, 간지러워."

메릴이 폴라의 몸을 더듬자, 폴라는 입속으로 작게 웃음소리를 냈다.

허리를 비틀면서 도망치려고 했지만, 메릴의 손은 멈추지 않았다.

맨 처음에는 훈훈한 분위기였는데 점점 상황이 이상해졌다. 메릴이 폴라의 옷 속에 손을 집어넣기 시작했기 때문이다.

"앗……. 메릴아. 거긴, 안 돼……!"

"어디에 뭘 숨겨놨을지 모르니까ㅡ. 뭐 하나라도 빠뜨리지 말아야지. 차근차근 전부 다 체크할 거야ㅡ."

"으응……! 히야앗……! 꺄아아아앗?!"

"메릴, 이제 됐ㅡㅡ어, 지금 뭐 하는 거야?"

집 안에서 등장한 안나가 현관 앞의 광경을 보고 눈을 휘둥그렇게 떴다.

메릴이 폴라의 온몸을 샅샅이 만져대는 바람에, 폴라는 온몸의 힘이 빠진 것처럼 바닥에 털썩 주저앉아 가쁘게 숨을 헐떡거리고 있었다.

"……헉, 헉, 더 이상은, 안 돼……."

"응? 이게 뭐야. 사고 쳤어?"

"순수한 스킨십이야♪ 응, 그렇지?"

"하응……."

동의를 구하는 메릴. 그러나 당사자인 폴라는 그저 촉촉하게 젖은 눈빛으로 어딘가 먼 곳을 멍하니 바라보고 있었다.

제19화

"시, 실례합니다."

그 후 컨디션을 회복한 폴라는 집 안으로 들어갔다. 2층 거실로 이동했다.

"우와. 집이 깨끗하네요."

폴라는 잘 정리된 주위를 둘러보면서 감탄의 한숨을 흘렸다. 그러자 그 모습을 본 메릴이 별생각 없이 입을 열었다.

"그건 안나가 필사적으로 청소를 했기 때문——으읍."

"후후. 우리 집은 언제나 이렇게 깨끗하단다. 그렇지?"

"으, 응. 그렇지이……."

활짝 웃는 안나. 그 압력 때문에 메릴은 시선을 피하면서 조그맣게 말했다.

줄줄 비지땀을 흘리고 눈동자를 이리저리 굴리면서.

쓸데없는 소리를 하면 나중에 무슨 잔소리를 들을지 모른다.

이 집에서 가장 큰 권력을 쥐고 있는 사람은 가계 책임자인 안나였다. 안나의 심기를 건드렸다가는 경제 제재를 당할 것이다.

"폴라 씨. 편하게 쉬다 가세요."

엘자는 우리가 있는 테이블로 다가오더니 가볍게 세련된 동작으로 홍차와 과자를 내놓았다.

"변변찮지만 맛있게 드세요."

"와…… 맛있어 보여요……!"

폴라는 테이블에 차려진 다과를 보고 눈을 반짝반짝 빛냈다.

"이 과자, 비싼 거 아닌가요? 한정 발매라서 가게에 가도 살 수 없다고 들었어요. 제가 먹어도 되는 건가요?"

"네. 이 집에는 상비되어 있으니까요."

"이런 과자를 상비하다니, 굉장해요……. 어? 엘자 씨. 괜찮으세요? 땀을 무척 많이 흘리고 계시는데요."

엘자는 태연한 표정을 짓고 있었지만, 그 목덜미는 대량의 땀으로 흠뻑 젖어 있었다. 좀 전에 허겁지겁 다과를 사러 뛰어갔다 왔기 때문일 것이다.

땀방울이 끊임없이 줄줄 흘러내렸다.

"괘, 괜찮습니다. 서둘러 시장에 뛰어가서 한정 판매 과자를 기사단장의 권한으로 사 왔다든가, 그런 것은 아니에요."

"엘자는 원래 땀이 많이 나는 편이지?"

그렇게 안나가 구원의 손길을 내밀었다.

"매일 말(馬)처럼 땀을 뻘뻘 흘리는 것이 기본이니까."

"그, 그런가요?"

폴라는 당황하면서도 일단 납득한 듯했다.

"으흑……. 아무래도 메릴의 친구가 저를 크게 오해한 것 같아요."

엘자는 영 석연치 않은 표정이었다.

폴라는 예의 바르게 두 손을 모아 인사하더니 과자를 입에 넣었다. 곧바로 그 표정이 확 밝아졌다.

"와, 맛있다······!"

아마도 마음에 든 것 같았다.

홍차를 한 모금 마시고 나서 폴라는 문득 중얼거렸다.

"정말 놀라워······."

"응?"

"메릴은 뭐든지 다 가지고 있구나······란 생각이 들어서. 마법의 재능도, 멋있는 아버지도, 멋진 언니도 있잖아?"

양손으로 깍지를 끼고 중얼거리는 폴라. 그 눈동자에는 선망의 빛이 깃들어 있었다.

"정말로, 나랑은 완전히 달라······."

그렇게 중얼거린 목소리에는 은근히 어두운 감정이 배어 있었다.

그것을 눈치챈 걸까.

"············."

폴라의 말을 들은 안나와 엘자는 서로 얼굴을 마주 봤다. 단, 메릴은 혼자 태연한 얼굴로 과자를 먹고 있었지만.

이윽고 안나가 입을 열었다.

"어······ 폴라라고 했지?"

"아, 네."

"너는 오해를 하고 있어. 너는 메릴이 뭐든지 다 가지고 있다고 말했지만, 실은 안 가지고 있는 것이 훨씬 더 많거든."

"네?"

"우선 이 아이는 시간을 못 지키잖아? 아침에 일어나지를 못하니까 자주 지각해. 아빠가 없으면 스스로 양말조차 못 신어."

"예의범절도 전혀 배우지 못했고 품행도 좋지 않아요. 웃어른에게도 뻔뻔하게 반말로 이야기하기 때문에 옆에서 보기만 해도 아슬아슬할 정도예요."

엘자가 그렇게 말을 덧붙였다.

"금전 감각도 엉망이야. 돈이 들어오면 그만큼 다 써버린다니까."

"에헤헤—. 하지만 그게 즐거운걸?"

내가 쓴소리를 해도 메릴은 전혀 기죽지 않고 헤실헤실 웃고 있었다.

"그리고 나는 노동은 체질에 안 맞아♪ 옛날에 안나가 시켜서 아르바이트한 적이 있는데, 너무 실수를 많이 해서 하루 만에 잘렸다니까."

"네가 잔돈 계산이 귀찮다면서 대충 돈을 줬으니까 그렇지."

"우와……."

안나가 그렇게 말하자 폴라는 말문이 막혀버렸다. 설마 이 세상에 그렇게 대충 사는 인간이 있다니! 하고 충격을 받은 듯한 표정이었다.

"물론 마법의 재능은 있을지도 몰라. 하지만 그게 전부야. 능력을 오각형으로 표현한다면 마법 하나만 툭 튀어나와 있고 나머지는 거의 0에 가까운 파라미터인 거야. 그런데 너는 네가 보고 싶은 것만 보는 게 아닐까? 사실 메릴은 의외로 한심한 녀석이거든."

'게다가' 하고 안나는 폴라를 보고 미소 지으면서 말했다.

"내가 보기에는 너도 많은 장점이 있어. 메릴이나 우리에게는 없는 것을 네가 가지고 있다고 생각해."

"그런가요……? 제가 보기에는 안나 씨나 엘자 씨는 완벽한 것 같은데요."

폴라는 조심스럽게 의견을 내놨다.

"아, 그건 말이지―. 이 두 사람이 폴라 앞에서 멋있는 척하고 있기 때문이야."

메릴은 손가락에 묻은 설탕을 핥으면서 말했다.

"안나는 쉬는 날에는 소파 위에 딱 붙어서 한 발짝도 움직이지 않고. 마치 바람 빠진 풍선처럼 축 늘어져 있다니까."

"이봐, 메.리.일?"

"아악, 아야아! 이, 이거 봐! 안나는 툭하면 폭력과 공갈을 행사한다니까! 폴라처럼 좀 착한 심성을 가지지 그래?!"

"이 세상에는 모든 것을 다 가지고 있는 사람은 없어. 모두 뭔가 부족한 점이 있어. 그러니까 나한테는 착한 심성 따위는 필요 없어 ♪"

"으아악! 뭐야, 그냥 막 나가네?! 폭력에 반대합니다!"

안나가 메릴의 뺨을 양손으로 바이스처럼 꽉 붙잡고 조이자, 메릴은 필사적으로 호소했다.

늘 있는 일이라 엘자는 개입하지 않았다.

폴라는 그 광경을 처음에는 멍하니 바라보고 있었는데, 안나와 메릴의 말다툼 내용이 너무나 바보 같았기 때문일까.

"……후훗."

어느새 저도 모르게 쿡쿡 웃음을 터뜨리고 있었다.

날이 저문 후.

우리가 폴라를 배웅하기 위해 현관 앞으로 가자, 폴라가 우리에게 말했다.

"감사합니다. 정말 즐거웠어요."

"언제든지 또 놀러 와라. 환영할게."

폴라는 기쁘게 웃더니 메릴을 쳐다봤다.

"메릴. 그동안 늘 네가 머나먼 천상계 사람이라고 생각했는데, 오늘 여기 놀러 온 덕분에 너를 가깝게 느끼게 된 것 같아."

"그래?"

"응. 메릴은 귀엽구나 하고 생각했어."

아마도 폴라의 말은 '메릴도 부족한 부분이 많이 있어서, 그 허술한 점이 귀엽다'라는 뜻일 것이다.

그런데 메릴은 그것을 말 그대로 받아들인 듯했다.

"우후후. 응, 난 원래 귀여워―♪"

가슴을 활짝 펴고 의기양양한 표정을 짓고 있었다. 그 모습을 본 나와 엘자와 안나, 또 폴라는 서로 얼굴을 마주 보면서 웃었다.

제20화

상황이 달라진 것은 이튿날부터였다. 학급에서 내내 겉도는 존재였던 메릴이 조금씩 같은 반 학생들에게 친근한 존재로 받아들여지게 된 것이다.

메릴이 폴라와 함께 있는 모습을 보여주면서 '상대가 현자여도 그냥 평범하게 대하면 된다'라는 인식이 주변 사람들에게 퍼지게 된 것 같았다.

폴라가 같은 반 친구들과 메릴 사이의 다리 역할을 해주는 것도 큰 도움이 되었다.

같이 점심을 먹기도 하고, 방과 후 시내에 나가기도 하고. 그럼으로써 메릴의 성격이 어떤지 같은 반 친구들도 알게 되었다.

'왠지 가까워지기 어렵고 엉뚱한 짓만 하는 천재'가 어느새 '부족한 부분도 많이 있는 친근한 소녀'로 변했다.

그러자 메릴과 주변 사람들 사이의 벽은 점점 허물어지게 되었다.

"메릴 씨에게 친구가 생겨서 다행이에요."

수업과 수업 사이의 쉬는 시간.

교실에서 폴라를 비롯한 친구들에게 둘러싸여 있는 메릴. 그 모습을 바라보면서 이레네가 나에게 그렇게 말을 걸었다.

"네. 뭐, 그렇긴 한데요."

"어머, 표정이 어두우신데요. 왜 그러세요?"

"역시 저 녀석은 나를 위해서 친구를 사귀려고 하고 있어요. 주위에 있는 아이들에게 특별한 감정이 없다나 할까요."

친구가 생기면 나한테 칭찬을 받을 수 있으니까 그렇게 하는 것뿐이다.

메릴 본인은 친구를 그다지 특별하게 생각하지는 않았다. 항상 생글생글 웃고 있지만, 그 마음속 한구석은 차갑게 식어 있는 것처럼 보였다.

"메릴! 다음 수업은 다른 교실에서 하니까 슬슬 가자."

"으으─. 걷는 거 귀찮아─. 업어줘, 폴라─."

"어휴, 그러면 안 됩니다. 스스로 걸으세요."

"치─. 피오나는 언제 봐도 고지식하구나."

그러면서 메릴은 어쩔 수 없이 자리에서 일어나려고 했는데.

"어라?"

메릴의 움직임이 딱 멈췄다.

"왜 그래?"

"부적이 안 보여."

"부적?"

"응. 내가 고향에서 왕도로 올 때 아빠한테 받았던 부적. 이상하네. 항상 교복 주머니에 넣고 다니는데."

"어디선가 흘린 거야?"

"아까 실기 수업을 할 때 메릴 양은 이리저리 정신없이 돌아다녔으니까요. 그랬을 가능성은 충분히 있지요."

피오나가 말했다.

"으—음. 좋아, 가서 찾아봐야겠다."

"뭐라고?! 지금부터? 이제 곧 수업이 시작될 텐데?!"

"아, 괜찮아—! 찾으면 금방 돌아올게!"

"앗, 잠깐만! 기다리세요!"

메릴은 자기 할 말만 하고 당장 교실 밖으로 나가버렸다. 피오나가 불러 세우려고 했을 때는 이미 그 모습은 보이지 않았다.

"어휴—. 이러면 나만 선생님한테 잔소리를 들을 텐데—……."

"나 참. 정말 못 말리는 사람이네요……."

뒤에 남겨진 폴라는 울상을 지었고, 피오나는 기막혀하고 있었다.

울려 퍼지던 종소리가 그치고 학생들은 수업을 듣고 있었다. 그때 마침 수업이 없었던 나는 메릴을 찾으러 갔다.

……얘가 어디 간 거야?

안뜰에 다다랐을 때, 메릴의 엉덩이가 흔들흔들하는 것이 보였다. 바닥에 양손 양발을 대고 엎드린 채 수풀 속을 뒤지고 있었다.

"너 부적을 잃어버렸다면서. 찾았어?"

"아니—. 아마도 이 근처에서 떨어뜨렸을 텐데."

"나도 도와줄게."

나는 메릴과 함께 교정을 수색했다.

그러나 부적은 발견될 기미가 안 보였다.

어쩌면 전혀 다른 곳에서 떨어뜨렸을지도 모른다.

"흐아—. 피곤해—. 좀 쉴래."

지쳐버렸는지 메릴은 땅바닥에 벌렁 드러누웠다. 휴— 하고 숨을 내쉬면서 양팔 양다리를 쭉 뻗었다.

"이상하네—? 대체 어디서 흘린 걸까."

"이제 그만 포기해도 되지 않아?"

"아니, 하지만 그건 아빠가 사준 거니까. 왕도에 온 다음부터는 그 부적을 아빠처럼 생각하면서 늘 가지고 다녔었어—."

"그럼 슬슬 부모에게서 독립해주지 않을래?"

나는 쓴웃음을 지으며 말을 이었다.

"게다가 우리가 멀리 떨어져 살고 있을 때는 그렇다 쳐도, 지금은 같이 살고 있잖아? 이번에 내가 새 부적을 사줄게."

"음—. 그래, 그럼 상관없나. 과거의 아빠를 버리고 새로운 아빠로 환승할까?"

메릴은 납득을 해준 것 같았다. 벌떡 일어나서 빙글 돌아섰다. 그대로 걸어가려고 하는 메릴에게 나는 말을 걸었다.

"이봐, 메릴. 교실은 그쪽이 아니야."

"이제 와서 돌아가기도 귀찮잖아. 연구실에나 들렀다 가려고."

메릴은 태연하게 이야기했다.

"아빠도 같이 갈래?"

"……글쎄. 하긴, 이미 내 담당 수업은 전부 끝났으니까. 내가 너랑 같이 있으면 일단 보충수업이라고도 할 수 있으려나."

"와, 잘됐다♪"

나도 참 물러 터졌구나. 스스로 기가 막힐 정도였다.

이 학교에는 특별 장학생인 메릴 전용 연구실이 있었다. 메릴은 그 방에 자주 틀어박혀 있었다.

거기서 마법을 연구하기도 했고, 단순히 수업을 빼먹고 놀기도 했다.

오늘은 전자인 것 같았다.

마법 연구에 집중하는 메릴에게는 주위의 소음이 하나도 안 들리는 듯했다. 자기 혼자만의 세계에 푹 빠져 있었다.

이윽고 수업 종료를 알리는 종소리가 울려 퍼졌다.

"휴―, 끝났다―."

메릴도 원래 세계로 돌아온 것 같았다.

"고생했어. 주스라도 마실래?"

"응, 고마워♪"

나는 메릴에게 주스를 건네줬다.

연구실에 놔뒀던 과자를 집어 먹으면서 우리는 평범한 잡담을 나눴다. 그러다 보니 어느새 창밖에서는 해가 뉘엿뉘엿 넘어가고 있었다.

"슬슬 집에 갈까?"

"오늘 저녁 메뉴는 뭐야―?"

연구실 문을 잠그고 학교 건물에서 나왔다. 하늘에서는 붉은색과 검은색이 하나로 섞이고 있었다.

교문을 향해 걸어가고 있는데 메릴이 교정에서 갑자기 멈춰 섰다. 그 시선의 끝에는 낯익은 학생이 있었다.

"어? 저건 폴라잖아."

폴라가 바닥에 엎드려 수풀 근처를 살피면서 돌아다니고 있었다.

폴라뿐만이 아니었다.

같은 반 학생들의 모습도 보였다.

"아, 메릴!"

메릴의 모습을 발견한 폴라가 헐레벌떡 뛰어왔다.

"어? 다들 뭐해?"

"어, 그게. 지금 부적을 찾고 있어."

"뭐? 부적이라니── 내 부적?"

"응. 네가 그 후에 교실에 돌아오지 않았잖아? 그렇다면 아직 부적을 못 찾았겠구나…… 하고 생각해서."

폴라는 "그래서 다 함께 찾는 중이야"라고 말했다.

메릴은 교실에서 뛰쳐나갈 때 『찾으면 금방 돌아올게』라고 말했었다.

결국 그 후 돌아가지 않았으니까. 폴라와 친구들은 아직 부적을 찾지 못했다고 생각했던 모양이다. 그래서 다 함께 수색해주고 있었나 보다.

메릴은 얼이 빠진 것 같았다.

"저, 저기, 왜?"

"응?"

"왜 너랑 저 애들이 내 부적을 찾아다니고 있는 거야? 그거 찾는다고 너희들에게 도움 될 일은 하나도 없는데."

그러자 폴라는 옆에 있던 학생과 얼굴을 마주 보더니.

"왜냐하면 네가 소중한 물건이라고 했으니까."

이윽고 미소를 지으면서 그렇게 대답했다.

"메릴, 네가 왕도로 올 때 카이젤 선생님한테서 받은 부적이라고 했잖아. 그래서 나도 같이 찾아주고 싶었어."

"──나는 잘 모르겠어."

메릴은 불쑥 한마디 중얼거렸다. 폴라를 이해할 수 없다는 표정을 짓고 있었다. 왜 자신을 위해 이렇게까지 애써주는 걸까.

그때 폴라가 갑자기 부드러운 표정을 짓더니.

"메릴. 넌 카이젤 선생님을 좋아하지?"

"응? 어, 응. 진짜 좋아해."

"그 이유는 뭐야?"

"으음─. 다정하고 멋있으니까? 아니, 하지만 진지하게 이유를 생각해본 적은 없을지도 몰라. 아빠를 좋아하는 데 이유 같은 것은 없어."

"그거랑 똑같은 거야. 나도 메릴을 좋아하니까. 네가 난처해할 때는 도와주고 싶어. 내가 할 수 있는 일은 해주고 싶어."

폴라는 주위에 있는 학생들을 둘러봤다.

"우리 반 친구들도 마찬가지야. 메릴. 너를 좋아하기 때문에,

친구라고 생각하기 때문에 도와주고 싶어 하는 거야."

"…………."

메릴은 그 자리에 우두커니 서서 넋을 놓고 있었다.

타산적인 요소가 전혀 포함되지 않은 순수한 호의. 가족 이외의 누군가가 직접적으로 메릴에게 그런 호의를 보여준 것은 이번이 처음일 것이다.

메릴은 제대로 이해를 못 해서 어리둥절한 것처럼 보였다.

"──앗!"

그때 주위를 수색하고 있던 폴라가 큰 소리를 냈다. 수풀 쪽으로 다가가더니 나뭇잎들 사이로 손을 쑥 집어넣었다.

"메릴! 이게 혹시 그 부적 아니야?"

폴라가 이쪽을 돌아보면서 번쩍 들어 올린 손에는──부적이 있었다. 흙이 묻은 그 부적은 나와 메릴도 본 적이 있는 물건이었다.

"아, 그거. 내 거야!"

"와, 다행이다! 찾았어!"

폴라는 안도한 것처럼 활짝 웃더니 마치 자기 일같이 기뻐했다. 저녁 햇살을 받은 폴라의 교복은 오랫동안 수색을 하는 바람에 흙먼지로 더러워져 있었다. 하지만 폴라는 그런 것에는 전혀 신경도 안 쓰고 웃으면서 부적을 내밀었다.

"자, 받아. 앞으로는 흘리면 안 된다?"

손바닥 위에 놓인 부적. 메릴은 얼음같이 딱딱하게 굳어 있었다.

"……메릴아? 왜 그래?"

"어, 아냐. 고마워. 앞으로는 잃어버리지 않을게. 아빠한테 선물 받은 소중한 물건이니까. 게다가……."

"응, 게다가? 뭔데?"

"이 부적은 폴라가——친구가 찾아준 거니까."

그렇게 말한 메릴의 눈동자에는 폴라의 모습이 선명하게 비치고 있었다. 지금까지는 자기 자신이나 아버지밖에 보이지 않았던 그 눈에, 친구가 보인 것이다.

"후후. 메릴이 나를 친구라고 말해주다니. 기뻐."

폴라가 쑥스러운 것처럼 미소를 짓자, 그 모습을 보고 민망하다는 듯이 목덜미를 긁적거리는 메릴——그 뺨은 살짝 분홍빛으로 물들어 있었다.

제21화

그날은 신기하게도 나 혼자만 쉬는 날이었다.

마법 학교 강사 스케줄도 없었고, 공주님의 가정교사나 기사단의 교관 스케줄도 없었고, 요새 정신없이 몰아치던 모험가 길드의 의뢰도 이제는 좀 정상으로 돌아간 것 같았다.

우리 딸들은 각자 열심히 직장 일이나 학교 공부를 하고 있었다.

그동안 늘 미친 듯이 일했기 때문에 갑자기 쉬는 날이 되자 할일이 없었다──고 생각했는데, 그때 에트라가 나를 불렀다.

이 왕도를 뒤덮고 있는 결계의 상태를 살펴보러 갈 건데, 심심하면 너도 따라오라고.

특별한 예정도 없고 한가했으므로 나도 동행하기로 했다.

"흐음. 그래, 그 애는 잘하고 있나 보네."

가는 도중에 나한테서 메릴의 근황을 들은 에트라는 그렇게 중얼거렸다.

"응. 최근에는 아침에도 지각을 안 하고 성실하게 학교에 가고 있어. 친구를 만나는 게 동기가 되었나 봐."

폴라가 메릴의 부적을 찾아준 날 이후로 메릴은 좀 달라졌다.

내가 뭐라고 하지 않아도 메릴은 자발적으로 상대에게 관심을 가지게 되었다. 그것은 이전의 메릴에게서 찾아볼 수 없었던 경향이다.

메릴도 속으로 생각한 바가 있었을 것이다.

그것은 아주 바람직한 일이었다.

"너, 설마 쓸쓸하냐? 딸이 더 이상 너한테 달라붙지 않아서."

"그, 그건, 아니야."

"의외로 네가 자식한테서 독립을 못 했던 걸지도 모르겠네."

에트라는 그렇게 말하면서 코웃음을 쳤다.

……하기야 쓸쓸한 마음이 없지는 않았다. 하지만 메릴이 가족 이외의 누군가와 관계를 맺는 것에 대한 기쁨이 더 컸다.

에트라와 함께 왕도를 둘러싸고 있는 석벽 위를 걸었다.

에트라는 왕도를 뒤덮은 결계의 상태를 점검하고 있었다. 석벽 과는 달리 눈에 보이지 않는 결계이므로, 그 결계에 망가진 부분 이 있는지 없는지는 마법사만 알 수 있었다.

"그런데 에트라, 너 많이 변했구나."

"그런가?"

"넌 굳이 따지자면 레지나와 비슷한 의견이었을 텐데. 여럿이 모여 지내는 것을 싫어하고. 관계 따위는 필요 없다고 생각하는 타입이었잖아."

"네가 일을 그만둔 이후로 18년이나 되는 세월이 흘렀어. 그 시 절과 완전히 똑같은 가치관이라면, 그게 더 놀라운 거 아냐?"

"……하긴. 그건 그래."

18년이라는 세월의 흐름은 인간을 바꿔놓기에는 충분하고도 남을 정도로 길었다.

나 자신은 별로 의식해본 적이 없지만, 미친 듯이 앞만 보고 달렸던 모험가 시절의 나와 지금의 나도 분명히 차이가 날 것이다.

세월의 흐름과 더불어 다양한 것을 경험함으로써 생각은 점점 달라진다. 필사적으로 살았던 과거의 자기 자신을 보고 '참 혈기 왕성했구나~' 하고 웃어 넘겨버릴 수 있을 정도로.

"내가 그동안 쭉 이 세상을 싫어했다는 것은 너도 알지?"

"응."

에트라는 어린 시절부터 마법사로서는 천재적인 재능을 가지고 있었는데, 그렇기에 많은 사람에게 이용당하고 말았다.

에트라가 개발한 마법이 국가 간의 전쟁에 사용되는 바람에 수많은 사람이 죽었다고 한다. 언젠가 술자리에서 고주망태가 되었을 때 그 이야기를 해줬었다.

본디 사람들을 위해 이롭게 사용되어야 할 마법이, 사람의 목숨을 빼앗기 위해 사용된 것이다.

그 후로 에트라는 염세적으로 변해버렸다. 모국을 뛰쳐나온 그녀는 사람들을 피해 은거하게 되었다.

"더 이상 그 누구와도 얽히지 않고 혼자 살려고 했어. 바로 그 시기였지. 너희들과 만나게 된 것은."

나와 레지나가 모험가 임무를 수행하던 도중에, 에트라가 사는 변경 지역의 고성(古城)에 갔다가 처음 만나게 되었다.

"내가 마법사란 사실을 알자마자 네가 억지로 나를 자기네 파티에 집어넣으려고 했잖아. 몇 번이나 거절해도 하도 끈질기게 굴어서 나도 어쩔 수 없이 너희와 어울려주게 되었지."

"그때는 에트라, 네가 파티에 들어오고 싶어 하는 표정을 짓고 있었으니까."

"흥. 그래, 마음대로 떠들어라."

에트라는 코웃음을 치더니 말을 이었다.

"그때부터 다시 타인과 관계를 맺게 되었어. 뭐, 그래 봤자 갓난아기를 주워 온 네가 왕도를 떠나기 전까지의 몇 년에 불과한 기간이지만."

"내가 떠난 후에는 또다시 혼자 지냈던 거야?"

"응. 애초에 네가 권유해서 같이 어울려 다녔던 것뿐이니까. 파티가 해산하면 더 이상 왕도에 남아 있을 이유가 없잖아? 즉시 내가 살던 곳으로 돌아갔지."

에트라는 이야기를 계속했다.

"하지만 그 후, 혼자가 되고 나서 깨달았어. 너희들과 같이 있는 시간은 의외로 싫지 않았다는 것을. 나는 예전처럼 이 세상을 증오하지는 않게 되었어. 틀림없이 나도 모르는 사이에 미적지근하게 변해버린 거겠지. 그런데 그 미적지근함이 나한테는 상당히 기분 좋게 느껴졌어."

"너도 변했다는 거구나. 그 당시의 너였다면, 그런 말을 우리에게 직접 해주지는 않았을 텐데."

"시끄러워. 뭐, 아무튼 그래서 내가 생각을 해봤는데. 본의 아니게도 나는 너희들에게서 많은 것을 받아왔어. 그러니까 이번에는 그것을 돌려주기로 한 거야. 더 이상 토라져 있을 만한 나이도 아니고, 자신만을 위해 살아가는 것도 충분히 만끽했으니까."

"그래서 왕도로 히드라를 보낸 거야?"

"맞아. 왕도 사람들의 실력을 확인하려고."

"제삼자가 보기에는 영락없는 테러리스트였지만 말이지. 하긴, 너는 옛날부터 요령 없이 미련하게 구는 타입이었지."

그게 또 에트라다운 느낌이 들지만.

"난 메릴과는 달리 '다른 사람들을 위해 마법을 사용한다'라는 생각은 없어. 마법은 철두철미하게 자기 자신을 위해서만 추구한다. 하지만 내 사상은 누군가가 계승해주면 좋겠다고 생각했어. 그러면 비슷한 피해자가 생기지는 않을 테니까."

"에트라, 너 같은 사람들만 있으면 이 세상이 큰일 날 텐데."

"아니, 내 성격까지 통째로 계승해 달라고 한 게 아니잖아? 사상 말이야. 사상."

"응, 알아."

나는 그렇게 말했다.

"네가 하고자 하는 일이 무엇인지는 이해했어. 나도 내가 가르쳐줄 수 있는 것은 가능한 한 가르쳐주고 싶은걸."

기사단 사람들에게 검술을 가르쳐주거나 마법 학교에서 교편을 잡은 것은, 물론 생활비를 벌기 위해서이기도 하지만 후진 양성을 위해서이기도 했다.

내가 남에게서 배웠던 것을 이제는 후세 사람들에게 계승시키고 싶다. 그렇게 함으로써 지금까지 내가 입었던 은혜를 갚아 나가고 싶다.

"너나 나나 대화에서 젊음이 느껴지질 않는구나."

에트라는 자조하는 것처럼 말했다.

"그야 뭐, 우리 둘 다 충분히 나이를 먹었으니까. 오로지 자기 자신에게만 집중할 에너지가 이제는 없는 거지."

나는 쓴웃음을 지었다.

젊은 시절처럼 열정적으로 뭔가에 집착하지는 않는다. 그 덕분에 살기 편해지기도 했지만, 자신이 주인공이라는 감각은 사라져 버렸다.

"──어라? 이건…….''

그때 에트라가 갑자기 멈춰 섰다.

"왜 그래?"

"여기 이 부분. 결계가 깨졌어."

"뭐라고?"

나는 에트라의 날카로운 시선이 닿는 곳을 살펴봤다. 얇은 막처럼 마력이 펼쳐져 있는 결계에 딱 한 군데, 억지로 뚫은 것처럼 구멍이 나 있었다.

"외적이 침입했나?"

"응, 아마도. 역시 불길한 예감은 적중하는구나."

"이 튼튼한 결계를 뚫은 건가? 게다가 눈치도 못 채도록?"

"이건 18년 전에 설치한 결계니까. 효력도 많이 떨어졌을 거야. 하지만 아무리 그래도 평범한 마물이라면 이걸 돌파하지도 못할 텐데."

그러더니 에트라는 말을 이었다.

"나에게 감지되지 않도록 몰래 결계를 뚫었다면 상당한 실력자 겠지."

"그렇다면 적은, 네가 말했던 그 마왕의 권속인가?"

"그럴 가능성이 크지."

"이미 왕도 내에 잠복하고 있다는 건가……."

꽤 위험한 상황이었다.

그놈이 왕도 내에서 날뛴다면 일반 시민들도 피해를 보게 된다. 마왕의 권속 정도 되는 강적이라면 당연히 대참사가 일어날 것이다.

"결계가 파괴된 지 그리 오래 지나지는 않았어. 당장 시내에 포위망을 형성한다면 그놈을 일제히 공격할 수 있을 거야."

"좋아. 그럼 나는 엘자에게 연락해서 기사단을 출동시키라고 할게."

"나는 마법 학교로 갈게."

사태는 일각을 다툴 정도로 급박했다.

우리는 방침을 결정하고 움직이려고 했다. 그런데 그때.

쿠우우우웅!!

왕도 쪽에서 폭발음이 울려 퍼졌다.

보통 일이 아니란 것은 즉시 눈치챌 수 있었다.

뭐지? 도대체 무슨 일이 일어난 거야?!

"앗……?!"

뒤돌아본 내 시야에 들어온 광경. 그것을 본 순간, 나는 새파랗게 질렸다.

마법 학교의 일부가 폭발로 날아가고 있었다.

거대한 폭연이 솟구치면서, 한없이 맑고 푸른 하늘로 빨려 들어갔다.

비정상적인 광경이었다.

마치 꿈이라도 꾸고 있는 것처럼 현실감이 없었다.

그 직후——.

마법 학교를 돔 형태로 감싸고 있던 결계가 변화했다. 원래 눈에 보이지 않아야 할 그 결계가 이제는 가시화되어 검붉은 빛을 내뿜고 있었다.

"무슨 일이 일어나고 있는 거지……?"

"이봐, 일단 마법 학교로 가보자!"

그렇게 말하더니 에트라는 왕도를 둘러싸고 있는 석벽 위에서 힘차게 뛰어내렸다.

일반인이라면 온몸의 뼈가 부러질 정도의 높이였지만, 에트라는 바람 마법을 부려 착지의 충격을 없앴다.

"카이젤! 서둘러!"

에트라가 밑에서 큰 소리로 나를 불렀다.

"으, 응! 당장 갈게!"

나는 황급히 그 뒤를 따라갔다. 심장이 빠르게 뛰고 있었다.

마법 학교에 도착해보니, 외적으로부터 학교를 지켜야 할 결계가 이제는 외부와의 관계를 단절하는 장벽이 되어 있었다.

"에트라, 결계는 파괴할 수 있을 것 같아?"

"할 수 있지만, 시간이 걸릴 거야. 마릴린이 쓰는 결계는 평범한 결계와는 다르니까."

"교장 선생님이 왜 이런 짓을 한 거지······?"

"글쎄. 의외로 그 녀석이 배신자인 거 아냐?"

그러면서 에트라가 가볍게 웃었을 때였다.

『네 이놈. 나를 악의 배후자처럼 취급하는 것은 그만둬라.』

머릿속에서 쉰 소리가 울려 퍼졌다.

"이 목소리는——마릴린 교장 선생님인가요?"

『그렇다. 지금은 통신 마법으로 그대들에게 내 목소리를 들려주고 있는 거야.』

"도대체 무슨 일이 있었던 겁니까?"

『마법 학교에 외적이 침입하는 바람에. 학생들이 인질이 되고 말았다. 그런 상황에서는 나도 적이 시키는 대로 할 수밖에 없지 않겠느냐.』

"그래서 결계를 외부에 대한 차단용으로 바꾼 겁니까?"

『뭐, 그렇지. 결계의 제어권도 지금은 적의 수중에 들어갔어. 미안하지만 나로선 아무것도 할 수가 없구나.』

"적은 이런 곳에 틀어박혀서 뭘 어떻게 하려는 거야?"

『녀석은 마법 학교의 인질의 안전과 맞바꿔 어떤 것을 요구하고 있다. 그 요구를 들어주지 않는다면 모두를 죽이겠다고 했어.』

"……흥. 인질이라고? 마족 주제에 그럴싸한 기술을 쓰는군. 응, 그래서 그 적은 무엇을 요구하고 있는데?"

『그게 말이지.』

마릴린은 대답하기 어려운 것처럼 잠시 머뭇거리다가 이윽고 말했다.

『기사단장 엘자, 길드 마스터 안나, 현자 메릴——이 세 사람의 머리를 가져오라고 했어.』

"뭐……?!"

그 말을 들은 나는 말문이 막혀버렸다.

적이 요구하는 것이——우리 딸들의 머리라고?!

내 머릿속이 새하얗게 변하는 것 같았다. 눈앞의 풍경이 일그러졌다. 현기증이 났다. 완전히 냉정함을 잃어버리고 나도 모르게 소리를 질렀다.

"왜 하필이면 우리 딸들인데?!"

『나도 모르겠다.』

"교장 선생님! 학교 안에 있다면, 그 적에게 전해줘요! 가져갈 거면 우리 딸들 말고, 내 머리를 가져가라고!"

『카이젤, 진정해라. 적이 일부러 그 세 사람을 지정한 것을 보면, 그대의 머리로 대신할 수는 없을 거야.』

마릴린의 말이 전적으로 옳았다.

감정을 마구 드러내봤자 사태는 전혀 해결되지 않는다.

냉정해져야 하는데…….

"마릴린, 그쪽에서 적을 공격할 수는 없어?"

『그건 어려울 것 같구나. 나는 그놈의 감시하에 있고, 학생들과 교원들은 그놈의 마법에 당해 의식을 빼앗기고 말았어. 섣불리 움직이면 인질이 위험해진다.』

"우리가 결계를 돌파하는 것은 어떨까요?"

『내가 마법 학교에 펼쳐놓은 결계는 지금 적이 제어하고 있다. 그대들이 결계를 파괴하면 그놈에게 들킬 거야.』

"그러면 인질이 위험해지는 건가…….."

『다만…….』

"다만?"

『적이 다른 데 정신이 팔린다면, 그 틈에 결계를 돌파하더라도 적에게 들키지 않을지도 몰라.』

"어떻게든 적의 주의를 분산시킬 방법이…….."

그때 에트라가 입을 열었다.

"어? 잠깐만, 적은 카이젤의 딸 전원의 머리를 가져오라고 했잖아? 그럼 메릴은 오늘 등교하지 않은 거야?"

"아냐, 분명히 등교했을 거야."

메릴은 친구가 생긴 다음부터 최근에는 내가 없어도 학교에 가게 되었다.

"그러면 적은 딸 두 명의 이름만 말하지 않았을까?"

하긴, 그건 그렇다.

"혹시 메릴은 아직 자신의 위치를 적에게 들키지 않은 게 아닐까? 그 녀석은 적이 왔을 때 교실에는 없었던 거야."

그때 나는 퍼뜩 뭔가를 떠올렸다.

메릴은 자신의 전용 연구실을 가지고 있었다.

어쩌면 수업을 빼먹고 연구실에 들어가 있을지도 모른다.

나는 통신 마법을 이용해 메릴에게 말을 걸었다.

"메릴, 내 말 들리니?"

『음냐……. 어, 아빠?』

"너 지금 어디 있어?"

『으음ㅡ. 연구실인데.』

역시 그랬구나! 내 예상이 적중했다. 메릴은 습격을 피한 모양이다. 즉 적의 마법 지배되고 있지 않다.

"내 말 잘 들어. 지금 너희 학교에 적이 침입했어. 그 녀석은 학생을 인질로 삼고 결계를 펼쳐서 그 안에서 농성하고 있어."

『뭐? 위험한 상황이잖아. 전에 말했던 마왕의 권속이란 놈이 그놈이야?』

"응, 아마 그럴 거야. 게다가 그 적은 너와 엘자와 안나의 머리를 내놓으라고 하고 있어. 안 그러면 인질을 죽이겠다는 거야."

『뭐어? 왜 우리한테 그러는 거래?』

"글쎄. 그건 모르겠다. 하지만 적이 너희를 노리는 것은 확실해."

『아빠랑 동료들은? 구해주러 안 올 거야?』

201

"우리도 학교에 들어가고 싶은데, 이 결계를 파괴하려면 시간이 걸려. 게다가 적의 주의를 분산시키지 않으면 적에게 들킬 거야."

'그러니까' 하고 나는 말을 이었다.

"지금 제대로 움직일 수 있는 사람은 메릴, 너밖에 없어. 우리가 도와주러 갈 기회를 만들기 위해서라도, 교내에서 네가 적의 주의를 끌어줘."

『진짜─? 나 혼자서……? 잘할 수 있을까…….』

"잘할 수 있느냐 없느냐가 문제가 아니야. 네가 하는 수밖에 없어. 나나 카이젤이 옆에서 너를 도와줄 수 있는 상황이 아니니까."

"괜찮아. 틀림없이 해낼 수 있을 거야. 메릴, 넌 내 딸이니까."

내가 그렇게 말하자, 메릴이 살짝 웃는 것이 느껴졌다.

『우후후. 그런 말을 들으면 나도 열심히 해보는 수밖에 없잖아─? 알았어. 내가 이 학교에 있는 적의 주의를 끌어줄게.』

"그래, 부탁한다."

『그 대신──성공하면 나 많이 칭찬해줘야 해, 알았지?』

"당연하지. 실컷 네 머리를 쓰다듬어줄게."

『와, 좋아─! 힘내야지! 여차하면 아빠랑 동료들이 안 와도, 나 혼자 적을 해치워버릴 거야.』

우리와 통신하는 메릴은 아주 의욕이 넘치는 것 같았다.

제22화

통신을 마친 메릴은 연구실에서 휴 하고 한 번 숨을 내쉬었다.

마왕의 권속에게 점거된 학교.

학생들은 인질로 잡혔고, 자유롭게 행동할 수 있는 사람은 자기 하나밖에 없었다.

카이젤과 동료들의 도움은 기대하기 어려웠다. 또 자칫하면 인질이 된 학생들의 생명이 위험해질 것이다.

이것은 메릴이 난생처음 경험해보는 '생사가 걸린 혼자만의 싸움'이었다.

"뭐, 어떻게든 되겠지."

그러나 메릴은 긴장한 기색이 없었다.

평소처럼 매우 자연스러운 모습이었다.

연구실 밖으로 나갔더니, 건물 안은 쥐 죽은 듯이 조용했다.

"으음—. 적은 어디에 있을까. 자, 나와 봐—."

주위를 둘러보면서 느긋하게 복도를 따라 걷는 메릴.

그때 그 귀에 조그만 발소리가 들려왔다. 피부 감각이 희미한 기척을 감지했다. 메릴은 임전 태세를 갖추면서 의식을 집중시켰다.

길모퉁이에서 한 남학생이 나타났다.

"아, 뭐야, 우리 학교 학생이잖아. 이봐—!"

메릴은 친근하게 손을 들어 인사하면서 그에게 다가가려고 했다. 그런데 그때.

횡!

남학생이 날려 보낸 바람의 칼날이 메릴의 뺨을 스치고 지나갔다. 도자기처럼 부드러운 피부에 붉은 선이 죽 그어졌다.

"어라? 혹시 적에게 조종당하고 있는 거야?"

"…………."

남학생은 그 질문에는 대답하지 않았다. 보이지 않는 실에 의해 조종당하는 것처럼 다음 마법을 발동시켰다.

윈드 커터.

요란한 소리를 내면서 날아오는 그 마법을, 메릴은 한 손으로 받아 없애버렸다.

"아, 역시 그렇구나. 뇌에 마력을 주입해 조종하고 있는 건가? 적을 발견하면 자동으로 공격하도록 설정된 거야? 상당히 수준 높은 마법이네. 적은 꽤 실력 있는 마법사인 모양이야."

상황을 냉정하게 분석하는 메릴. 그때 남학생이 또다시 마법을 사용하려고 했다. 방금 메릴이 막은 것과 똑같은 마법을.

"효과도 없는 마법을 질리지도 않고 또 사용하려고 하다니. 고도의 명령을 받지는 않은 것 같네. 그냥 파수꾼으로서 순찰을 시키고 있는 건가."

남학생이 마법을 발동시키기도 전에, 메릴이 먼저 손가락을 총 모양으로 만들어서 쏘아낸 물 탄환이 적의 미간을 멋지게 꿰뚫었다.

비명도 안 지르고 쓰러진 남학생. 메릴은 그를 내려다보면서 총처럼 만든 손가락 끝——그 총구에 해당하는 부분을 "후" 하고 불었다.

"미안하지만 넌 좀 잠이나 자."

남학생의 생명에는 지장이 없었다. 단순히 뇌가 충격을 받았을 뿐이다. 시간이 흐르면 저절로 의식을 되찾을 것이다.

그 무렵에는 이미 모든 일이 끝났을 테고.

"적의 주의를 끌려면 좀 더 화려하게 날뛰는 편이 좋을까? 그러면 적이 스스로 나를 찾아올 테니까. ——어?"

생각에 잠겨 있던 메릴의 귀에 희미한 비명이 들려왔다.

복도에서 창밖을 내다봤더니, 안뜰에서 소동이 발생하고 있었다. 적의 지배를 받는 이 학교 학생들이 한 여학생을 공격하려고 하는 것이었다.

"아, 저건 폴라잖아?"

표적이 된 여학생은 메릴의 친구였다.

제정신을 잃고 눈빛이 공허해진 학생들에게 포위된 채, 폴라는 "히익—!" 하고 비명을 지르고 있었다. 당장이라도 울음을 터뜨릴 것 같았다.

메릴은 복도 창문으로 얼굴을 내밀고 소리를 질렀다.

"이봐—! 폴라—!"

손을 크게 흔들면서 활짝 웃는 메릴. 그러자 폴라도, 또 조종당하고 있는 학생들도 반사적으로 그쪽을 돌아봤다.

"메, 메릴?! 다행이다! 너 무사했구나?!"

"수업 빼먹고 연구실에서 자고 있었더니 누군가가 우리 학교를 점거했네? 깜짝 놀랐어. 폴라야, 넌 어떻게 무사한 거야?"

"적이 우리를 습격한 것은 수업 도중이었는데, 그때 나는 화장실에 가 있었어. 운이 좋았어."

"오호—. 폴라, 너 제법이다—?"

메릴은 감탄한 것처럼 말했다.

"아무튼 폴라, 너를 만나서 다행이야—."

"에헤헤. 나도 그렇게 생각——하는 게 아니라! 하, 한가하게 이야기나 나눌 때가 아니잖아?! 지금 나 적에게 습격당하기 직전 이거든?!"

"어머나? 뭐야, 혹시 위급한 상황이야?"

"아무리 봐도 지금 나는 아주 위급한 상황이잖아?!"

"아, 그렇구나—. 그럼 도와주러 갈게!"

메릴은 쾌활하게 그런 말을 하더니.

"얍."

3층 창문에서 뛰어내렸다. 바람 마법을 쿠션 삼아, 지금 조종당하고 있는 학생에게 덮쳐지기 일보 직전인 폴라 앞에 착지했다.

"오래 기다렸지♪"

"메릴!"

"내가 왔으니까 이제 안심해도 돼."

그렇게 이야기하더니 메릴은 코앞까지 다가온 학생들에게 물 탄환을 발사했다.

한 치의 오차도 없이 차례차례 상대의 미간을 꿰뚫었다.

마치 실이 툭 끊어진 것처럼 쓰러져 침묵하는 학생들. 그 모습을 내려다보면서 폴라는 걱정스러운 표정을 지었다.

"이, 이거 괜찮은 걸까⋯⋯?"

"아~ 괜찮아, 괜찮아. 그냥 기절한 거야."

"그, 그렇구나. 다행이다."

폴라는 휴 하고 안도의 한숨을 쉬었다.

"일어났을 때는 제정신으로 돌아와 있을까?"

"글쎄? 그보다, 폴라. 넌 적이 어떤 녀석인지 봤어?"

"아니, 못 봤어. 그런데 수상한 빛 같은 것이 교실 쪽에서 터져 나왔고, 그다음부터 모두 이상해진 것 같아."

"흐음, 그래? 그 빛을 보면 조종당하게 되는 걸까. 뭐, 그래 봤자 나한테는 안 통할 테지만. 온갖 마법에 대한 내성이 있으니까."

"와, 역시 메릴은 굉장하구나――아, 아아아앗?!"

"왜 그래, 폴라야? 어디 벌레라도 있어?"

"메릴! 저기! 저거 봐!"

"응? 저거?"

갑자기 얼빠진 소리를 내면서 폴라가 손가락으로 무언가를 가리켰다. 좀 전의 소동을 눈치챘는지, 아니면 적이 일부러 보낸 건지 조종당하고 있는 학생들이 대거 안뜰로 몰려오고 있었다.

"엄청나게 많아! 아니, 아무리 그래도 저건 너무 많잖아?!"

"후후, 마침 잘됐네. 화려하게 날뛰면 적의 주의를 끌 수 있겠지."

"앗, 메릴, 저기 봐! 저기 피오나가 있어!"

"——뭐어? 아, 진짜다."

밀려오는 적군 속에는 반장인 피오나도 있었다. 아마 피오나도 적에게 조종당하고 있는 것 같았다.

평소의 당찬 모습은 찾아볼 수 없었다. 눈빛이 텅 비어 있었다.

"어머나. 완전히 제정신을 잃었네. 저렇게 쉽게 조종당하다니."

"어, 어쩌지……? 같은 반 친구를 공격할 수는……. 하, 하지만, 아무것도 안 하면 우리가 공격당해 쓰러질 테고……."

"얍!"

옆에서 갈등하고 있는 폴라를 무시하고 메릴은 총 모양으로 만든 손가락에서 물 탄환을 발사했다. 그러나 명중하기 직전에 피오나가 반응하여 그것을 피했다.

"아앗?! 망설임 없이 쏴버렸어?! 저기, 메릴! 상대는 우리 반 친구이거든?!"

"아니, 어쩔 수 없잖아. 쓰러뜨리지 않으면 우리가 쓰러질 텐데—?"

메릴은 태연한 얼굴로 그런 말을 뱉었다.

"더구나 피오나는 나한테 '친구가 아니다'라고 했는걸. 그러니까 별로 신경 쓰지 않아도 될 것 같은데."

"어, 그건—……."

"그나저나 피오나. 너 제법이다ㅡ? 나의 물 탄환을 피하다니. 그럼 이번에는 보이지 않는 곳에서 공격해줄게."

메릴이 손가락을 딱 튕기자, 피오나의 발밑의 지면이 솟아올랐다.

쿠우웅…… 하고 땅울림이 발생한 직후. 힘차게 지면을 뚫고 튀어나온 나무뿌리가 피오나의 몸을 붙잡더니 칭칭 휘감으면서 꽉 졸랐다. 피오나는 필사적으로 도망치려고 했지만 거기서 빠져나오지는 못했다.

"후후후ㅡ. 쓸데없는 짓이야. 놓치지 않을 테니까ㅡ."

"앗! 이번에는 노먼 선생님이 왔어!"

몰려오는 학생들 틈에서 강사인 노먼의 모습도 보였다. 평소의 자존심 강한 표정은 사라지고, 그저 빈껍데기같이 공허한 모습이었다.

"어, 어쩌지? 선생님을 공격할 수는 없잖아……. 하지만 아무것도 안 하면 우리가 공격당할 테고……."

"얍!"

폴라는 여전히 망설였지만, 메릴은 주저 없이 물 탄환으로 노먼의 미간을 노렸다. 노먼은 기세 좋게 뒤쪽으로 튕겨 날아갔다.

"아얏?! 뭐 하는 거야?! 상대는 선생님이잖아?!"

"아ㅡ 괜찮아, 괜찮아. 선생님이니까 학생보다는 튼튼할 거야."

"그런가……? 하지만 노먼 선생님, 눈이 뒤집힌 것 같은데."

눈이 뒤집힌 채 벌렁 드러누워 있는 노먼. 그는 조금씩 부들부들 경련하고 있었다. 그 옆에는 깨진 안경이 유류품처럼 굴러다니고 있었다.

"하하하──. 일격에 때려눕히니까 기분 좋다──."

그러면서 메릴은 의기양양한 표정을 지었는데──.

그 등 뒤에서는 또 조종당하고 있는 다른 학생이 덮쳐오고 있었다.

"메릴! 뒤를 봐!"

"으악?!"

완전히 방심하고 있었던 메릴은 간신히 반응하긴 했지만, 상대의 공격을 피하거나 반격할 만한 공간은 확보하지 못했다.

한 대 맞는다──하고 각오했는데, 그 순간.

"윈드 블로──!"

메릴을 덮치려고 했던 학생은 폭풍에 휘말렸다. 옆에서 날아온 폭풍이었다. 학생은 튕겨 날아가서 학교의 건물 벽에 쾅 부딪쳤다.

"아얏, 미안해요, 미안해요!"

마법을 발동시킨 폴라는 방금 날려버린 상대를 향해 꾸벅꾸벅 고개를 숙이고 있었다.

"살았다──. 고마워──."

"으, 응."

"그보다 폴라, 너 긴장 안 하고 싸울 수 있네? 실전인데도."

"네가 위험하다고 생각했더니 내 몸이 저절로 움직여졌어. 너를 구해야 한다는 생각밖에 안 했어."

"에헤헤. 폴라야, 너무 좋아─♪"

"꺄악?! 아, 안 돼……! 그렇게 말해주는 것은 기쁘지만, 지금은 아직 싸우는 도중이잖아!"

와락 안기는 메릴을 억지로 떼어놓으려고 하는 폴라.

"아─ 좋아. 그럼 나머지도 빨리 해치워버리자."

"그, 그래!"

자기들을 습격하는 학생들에 맞서서 메릴과 폴라는 서로 협력하여 그들을 쓰러뜨렸다. 물론 힘 조절을 하는 것도 잊지 않았다.

잠시 후──.

두 사람의 눈앞에는 쓰러진 학생들이 산더미처럼 쌓여 있게 되었다.

"전부 다…… 쓰러뜨린 건가?"

"후후. 우리가 나서면 이 정도는 식은 죽 먹기지♪"

"메릴은 공격에 좀 심하게 집중하는 것 같았는데."

"응, 왜냐하면 나는 너를 믿으니까. 실제로 네가 완벽하게 나를 보조해줬잖아?"

"어휴…… 정말이지, 어쩔 수 없네……."

난처한 듯이 웃는 폴라. 하지만 기분은 좋아 보였다. 이어서 폴라는 바닥에 쓰러져 있는 학생들을 걱정스럽게 바라봤다.

"적에게 조종당한 사람들은 다들 원상태로 돌아왔을까?"

"으음─. 글쎄."

"혹시 세뇌가 풀리지 않았다면, 눈을 뜨자마자 또다시 우리를 공격하려고 하겠지? 만신창이가 될 때까지 억지로 싸우게 될 거야."

"아, 맞다. 그럼 피오나를 깨워서 확인해볼까? 코를 계속 꽉 붙잡고 있으면 숨이 막혀서 벌떡 일어날 거야."

"으으음. 그래도 되는 걸까……?"

메릴은 "우후후. 어떤 반응일지 기대된다—" 하고 손으로 자기 입을 가리면서, 장난을 치는 어린아이처럼 피오나의 코를 꽉 붙잡았다.

"자— 과연 몇 분이나 버틸까—?"

그러면서 피오나의 상태를 관찰하고 있었는데.

"메릴! 메릴!"

폴라의 다급한 목소리가 울려 퍼졌다.

마치 궁지에 몰린 것처럼.

"으음—. 왜 그래? ——어?"

고개를 든 메릴은 '내가 꿈을 꾸는 건가?' 하고 생각했다.

방금 쓰러뜨렸던 학생들이 쭉 늘어서서 주위를 에워싸고 있었기 때문이다.

유리구슬같이 무기질적인 눈이 사방팔방에서 메릴과 폴라를 바라보고 있었다——단, 그 모든 눈이 초점이 맞지 않았다.

"좀 전까지 쓰러져 있었는데! 어떻게 된 거야?!"

"아—, 알았다. 그런 거구나—. 자세히 봐. 학생들의 어깻죽지 근처에서 마력의 실이 보이잖아?"

"——응? 아, 진짜네."

"좀 전까지는 적이 명령을 내리고 각자 제멋대로 움직이게 놔 뒀는데, 지금 쟤들은 적이 실을 이용해서 수동으로 움직이고 있는 거야. 이러면 애들이 의식을 잃어도 아무 상관이 없지. 정신을 잃든지 사지를 잃든지 간에 무조건 무한히 우리를 덮치게 되어 있나 봐."

"그렇구나——가 아니라, 지금 냉정하게 분석이나 하고 있을 때가 아니잖아?! 어쩌지?!"

"음——. 글쎄. 형체도 안 남을 정도로 날려버리면 무력화할 수 있을 테지만. 상대는 마물이 아니라 인간이니까……."

끄응— 하고 턱에 손을 대면서 잠시 생각에 잠기더니.

"차라리 바람 마법을 써서 도망칠까? 하늘까지는 쫓아오지 않을 테고. 그 틈에 적을 찾아내서 쓰러뜨리는 거야!"

"그, 그래. 일단 여기서는 도망치자! 일단 재정비하자, 응?!"

그렇게 방침이 정해졌을 때.

"——그럴 필요는 없어."

꼭두각시 인형으로 변해버린 학생들 사이에서 낮게 깔리는 목소리가 들려왔다. 그것은 의식 없는 인형이 낼 수 없는 소리였다.

돌연 울려 퍼진 중후한 소리.

신경에 거슬리는 불쾌한 음색. 하지만 그것은 또 동시에, 듣는 사람을 소름 끼치게 할 정도로 압도적인 위압감도 지니고 있었다.

적이 바로 근처에 있다. 두 사람은 직감했다.

"——?!"

제23화

전방에서 터져 나오는 비정상적으로 강한 마력.

그것을 보자마자 메릴과 폴라는 둘 다 깨달았다. 눈앞에 있는 자가 인간이 아니란 것을.

일반적인 인간의 규격에서 벗어난 큰 키——아마도 3m는 넘을 것 같았다. 칠흑의 로브를 몸에 두른 그 남자의 머리에는 뿔이 두 개 돋아나 있었다.

메릴은 즉시 이해했다.

눈앞에 있는 존재가 바로 이 학교를 점거한 적——마왕의 권속이라는 것을.

"현자 메릴——설마 교내에 숨어 있었을 줄이야. 상당히 화려하게 날뛰어준 것 같은데. 그 바람에 내 인형들이 상처가 나지 않았느냐."

"역시 네가 마력의 실로 사람들을 조종하고 있는 거구나?"

상대를 바라보는 메릴의 눈에는 권속의 손끝에서 뻗어 나온 대량의 마력의 실이 보였다. 그 실들은 메릴을 포위하고 있는 학생들과 연결되어 있었다.

"맨 처음에는 내가 내린 명령대로 움직이고, 무력화된 후에는 수동 조작으로 변경된다. 어때, 그래서 너도 눈치채는 데 시간이 걸렸지?"

메릴은 완벽하게 적의 의도대로 놀아났다는 사실을 깨달았다.

메릴은 남을 놀리고 괴롭히는 것은 좋아하지만 반대로 당하는 것은 몹시 싫어하는 성격이었다. 고로 권속의 의기양양한 표정은 메릴을 열 받게 만들기에 충분했다.

"흥! 눈치채는 데 시간이 좀 걸렸어도 아무 문제도 없거든?! 여기서 내가 너를 해치우면 만사 해결이니까!"

마법을 발동시키려고 양손을 들어 올리고 임전 태세를 취하는 메릴.

그러나 상대인 권속은 입가에 희미한 미소만 짓고 있었다. 맞서 싸우려는 의지가 전혀 보이지 않았다.

불길하게 느껴질 정도였다.

"이봐, 괜찮겠어? 이 녀석들의 생살여탈권은 내가 가지고 있다. 손가락 하나만 까딱해도 내 마음대로 살리거나 죽일 수 있단 말이다."

"?!"

권속의 그 한마디에 메릴의 움직임이 멈췄다.

"그리고 네가 마법을 발사하는 것보다는 내가 이 인형의 목숨을 빼앗는 것이 더 빨라. ——현명한 너라면 이게 무슨 뜻인지 이해할 테지?"

"으……."

낭패한 메릴의 표정을 보고 권속은 한층 더 짙은 미소를 지었다.

"이 학교 사람들의 목숨이 아깝지 않다면, 사양하지 말고 네 마음대로 나를 공격해봐. 하기야 네가 나를 완벽하게 해치울 수 있을지는 별개의 문제이지만."

양팔을 벌리고 무방비한 척하는 권속.

허점투성이였지만 메릴은 마법을 발사하지 않았다.

마법을 발사하면 적을 해치울 수 있을지도 모른다. 그러나 적의 지배에 있는 이 학교 학생들은 아마 목숨을 잃을 것이다.

그렇게 생각했더니 마법을 발사할 수 없게 되었다.

메릴이 들어 올렸던 양손을 힘없이 내리자, 그걸 본 권속은 피식 웃었다.

"옳지, 그래야지. 네가 마법을 발사했더라면 나를 해치우지는 못하고, 그저 학생들의 시체만 산처럼 쌓이게 되었을 거다."

저항 의지를 잃어버린 메릴 앞에서 권속은 이야기했다.

"자, 이로써 체크 메이트구나. 너는 나에게 저항할 수단을 잃어버렸고, 바깥에 있는 녀석들은 결계를 뚫지 못하고, 인질들은 지금도 나의 수중에 있다. 그럼 엘자와 안나의 머리가 도착하기 전에——메릴, 먼저 네 머리부터 받아 가야겠다."

"……저기, 있잖아. 왜 우리의 머리를 노리는 거야?"

"이제 곧 죽을 녀석에게 설명해봤자 의미가 없지. 그리고 문답을 통해 시간을 벌려고 하는 너의 그 뻔한 수작에는 안 넘어간다."

권속에게 속마음을 간파당한 메릴은 "들켰구나" 하고 씁쓸한 표정을 지었다. 손바닥에 점점 땀이 배어났다. 어느새 여유가 사라져버렸다.

"하지만 내가 직접 너를 처치하는 것도 재미가 없지. 꼭두각시 인형들을 시켜서 공격하는 것도 마찬가지이고. 자, 그럼 어떻게 할까……."

권속이라는 그 남자는 한동안 생각에 잠겨 있다가 폴라를 힐끔 봤다.

어두운 눈동자에 사악한 빛이 스쳤다.

"좋아, 정했다. 네가 메릴을 죽여라."

"네?!"

"만약에 네가 메릴을 죽인다면, 너와 이 학교 학생들은 살려주마. 어때? 나쁜 조건은 아닐 텐데."

"아니…… 메릴을 죽인다니, 그런 것은 불가능해요!"

"고민할 거 없다. 이 녀석은——메릴 세 자매는 살아 있으면 안 되는 존재야. 이 세상에 해만 끼치는 존재라고."

"……그게 무슨 뜻이에요?"

"그걸 너한테 가르쳐줄 이유는 없지."

권속은 그렇게 일축하더니.

"선택권을 주마. 메릴을 죽이고, 너와 이 학교 학생들은 살아남 느냐. 아니면 메릴도 너희들도 다 함께 죽느냐."

어느 쪽이든 메릴을 살려줄 마음은 없다. 타개책이 없는 이상, 여기서는 전자를 선택해야 그나마 살아남는 사람이 많아질 것 이다.

그러나…….

"친구를 공격할 수는 없어요……."

"정말로 그렇게 생각해?"

"네?"

"넌 메릴을 질투해본 적이 없느냐? 현자인 저 녀석과 자신의 재능의 차이 때문에 괴로워한 적이 없어?"

"그, 그건."

"있지? 마법사에게는 당연한 감정이다. 저 녀석이 없었으면 좋겠다, 사라지면 좋겠다. 그런 생각을 해봤을 테지?"

말문이 막힌 폴라에게 권속은 조용히 이야기했다.

"……어차피 다른 방법이 없잖아. 네가 메릴을 죽여도, 아무도 너를 비난하지 않을 거다. 오히려 영단을 내렸다고 칭찬해줄 거야."

그것은 마치 위험한 독처럼 폴라의 신경을 침범했다.

"이제 포기하고 받아들여라. 자신의 감정을 솔직히 인정해."

다 이해한다는 것처럼 속살거리는 그 말. 폴라는 귀를 막지 않았다. 경직된 채 그 말을 받아들이려 하고 있었다.

그리고 영원과도 같은 침묵 끝에──.

"……알았어요."

폴라는 각오한 것처럼 조그맣게 중얼거렸다. 그리고 고개를 돌려 메릴을 보더니 슬퍼하는 듯한 표정을 지었다.

"미안해. 메릴. 이제는 이렇게 할 수밖에 없어."

"폴라……."

"그래! 바로 그거야! 넌 지금 현명한 선택을 했다."

권속은 폴라의 선택을 듣고 만족한 것처럼 입꼬리를 비틀면서 웃었다. 양팔을 벌리더니 큰 소리로 웃음을 터뜨리며 외쳤다.

"자! 네 손으로 직접 메릴을 처치하는 것이다!"

제24화

학교 안뜰—— 그곳에서 메릴과 폴라가 대치했다.

조종당하는 학생들이 그 주위를 에워싸고 있었고, 권속은 철저히 제삼자로서 구경만 하고 있었다. 거기서는 아주 약간의 빈틈조차도 찾아볼 수 없었다.

이윽고 폴라는 불쑥 조그맣게 중얼거렸다.

"……메릴. 실은 나 말이지, 너한테 숨긴 것이 있어."

"뭐?"

"내가 너랑 친구가 된 것은 스스로 원해서 그런 것이 아니라, 우리 집안 식구들이 그러라고 했기 때문이야. 현자 메릴과 친구가 되면 메디스 가문의 평판도 더 좋아질 거라면서."

폴라는 고백했다.

"그러니까 실은——메릴을 친구라고 생각하지는 않았어. 오히려 너를 싫어했어."

희미하게 비굴한 미소를 지으면서, 마음속에 쌓여 있던 감정을 폭발시켰다. 치밀어 오르는 죄책감을 떨쳐내려고 하는 것처럼.

"생각해보면 그게 당연하잖아? 메릴, 너는 언제나 제멋대로이고, 나를 마음대로 휘두르고, 그것 때문에 내가 불편해하는 것도 눈치채지 못했는걸. 저번에 길거리 공연을 할 때는 진짜 끔찍했어. 네가 나한테 억지로 공연을 시키는 바람에, 정말로 충격적인 대실패를 해버렸잖아. 그래서 두 번 다시 사람들 앞에 나서지 못

할 뻔했어. 그때 그거, 기억해?"

"응. 기억해."

메릴은 그렇게 말했다.

"나는 즐거웠어."

"너 혼자만 즐거웠던 거잖아? 나는 전혀 즐겁지 않았어. 지금도 밤에는 그 꿈을 꾸다가 벌떡 일어나기도 하는걸. 트라우마야."

폴라는 음습한 눈빛으로 메릴을 응시했다. 그 눈동자에서 어두운 감정이 엿보였다.

"나는 항상 질투했어. 모든 것을 가지고 있는 너를. 마법의 재능도, 멋진 아버지도, 훌륭한 언니도, 전부 다 너무너무 부러워서 견딜 수 없었어. 가정교사에게 매도당할 때, 부모님이 나를 보고 차가운 말을 할 때, 마법의 재능이 없다는 것을 통감할 때, 왜 메릴만 그렇게 모든 것을 가졌을까? 하고 생각했어. 그래서 정말로, 정말로 싫었어."

책임을 자기가 아닌 누군가에게 떠넘기려는 것처럼 저주 섞인 말을 늘어놓았다. 메릴은 끼어들지 않고 그 말을 묵묵히 듣고 있었다.

"지금까지 쭉, 숨겨서 미안해."

"아냐. 괜찮아."

메릴은 아무렇지도 않게 폴라의 사과를 받아들였다.

"화 안 났어?"

"실은 나도 아빠한테 칭찬받고 싶어서 친구를 사귀려고 했는걸.

피장파장이야. 나도 폴라를 비난할 자격은 없어."

메릴이 그렇게 말했다. 그러자.

"……그래. 우리는 그동안 쭉 서로의 이해관계 때문에 같이 있었던 거구나. 그럼 처음부터 친구가 아니었던 걸지도 몰라."

폴라는 희미한 미소를 띠었다. 어쩐지 아쉬운 것 같으면서도 묘하게 안도한 듯한 표정을 짓더니, 그 직후.

폴라의 눈동자에 각오의 빛이 깃들었다.

"그렇다면 나도 봐주지 않고 싸울 수 있어."

마법을 발동하기 위해 손을 들어 올렸다.

"파이어 애로—!"

주문 영창과 더불어 손바닥에서 생성된 불화살이 꼬리를 끌면서 메릴의 몸을 꿰뚫으려고 날아왔다.

본디 메릴은 쉽게 피할 수 있는 마법이었다.

그러나——.

"피하려고 하지 마, 알았지? 피하면 인질의 목숨은 없다."

권속의 말이 실처럼 메릴의 몸을 칭칭 휘감아서 꼼짝도 못 하게 만들었다. 날아온 파이어 애로가 메릴의 어깻죽지에 정확히 명중했다.

"아…… 아아아악!"

격통을 못 견디고 고통스러운 신음을 흘리는 메릴.

폴라는 한순간 괴로운 것처럼 얼굴을 찡그렸지만, 금방 그 감정을 떨쳐내고 연달아 공격을 계속했다.

"윈드 커터!"

"악……!"

날아온 바람의 칼날이 메릴의 몸을 베었다. 메릴이 입고 있던 옷이 찢어지고, 거기서 드러난 피부에 붉은 선이 그어졌다.

"워터 스플래시!"

마법진에서 출현한 대량의 물이 밀려왔다. 그 물살에 휘말린 메릴은 학교 건물 벽에 내동댕이쳐졌다. 온몸의 뼈가 부서질 것 같은 충격이었다.

"크허억……!!"

"하하하! 인정사정없구나!"

땅바닥에 쓰러져 웅크리고 있는 메릴. 그 모습을 본 권속은 소리 높여 웃었다.

폴라는 차가운 눈빛으로 메릴을 내려다보면서 질문을 던졌다.

"메릴. 지금까지 내가 쓴 마법이 뭔지 알겠어?"

"……길거리 공연을 할 때 보여줬던 마법이잖아?"

"맞아. 내 트라우마가 된 세 번째 길거리 공연의 내용. ……그럼 이다음에는 어떤 마법이 나올지도 알겠네?"

"……?!"

메릴은 필사적으로 자신의 기억을 더듬어봤다.

그래.

이다음에 나올 마법은, 분명히——.

"미안해. 메릴. 이제 이것으로 작별이야. 나를 원망해도 돼. 적어도 아프지 않도록——한순간에 끝내줄게."

폴라는 기도하는 것처럼 눈을 감더니 주문을 외우기 시작했다. 팽팽해진 와이어 같은 공기 속에서 언어가 차곡차곡 쌓여갔다.

"하늘에서 쏟아져 내리는 신들의 분노, 그대에게 심판을 내리리라——."

메릴의 머리 위 하늘에 거대한 마법진이 떠올랐다.

술식이 여러 겹으로 펼쳐져 있는——상급 마법진.

지금까지 보여줬던 마법과는 규모가 다르다는 것을 알 수 있었다.

물에 흠뻑 젖은 지금 이 상황에서, 저 마법을 정통으로 맞았다가는——.

"라이트닝 볼트!!"

폴라가 그렇게 외친 직후——세계가 하얀빛으로 물들었다.

뒤늦게 울려 퍼지는 꽝음과 더불어, 거대한 번개가 내리꽂혔다. 그것은 물에 흠뻑 젖은 메릴의 몸을 눈 깜짝할 사이에 집어삼켰다.

콰아아아아아앙!

시야가 원상태로 돌아왔을 때는 그 번개가 떨어진 곳에 깊은 구멍이 뚫려 있었다. 탄내가 나는 분화구처럼 뻥 뚫린 그곳에는 메릴이 힘없이 쓰러져 있었다.

꼼짝도 안 하는 메릴을 내려다보면서 폴라가 조용히 고했다.

"……미안해. 메릴."

"……메릴의 심장 소리가 멈추었군. 죽었나."

권속은 메릴에게서 시선을 떼고 폴라를 다시 쳐다봤다.

"잘했다. 훌륭한 구경거리였어. 덕분에 즐길 수 있었다."

"……이제는 우리 학교 사람들을 풀어주실 거죠?"

"당연하지. 엘자와 안나의 머리를 손에 넣은 다음에는, 너를 비롯한 이 학교 인질들을 모두 풀어준다고 약속하마."

"……감사합니다."

"너는 올바른 선택을 했다. 양심의 가책을 느낄 필요는 없어. 자, 그럼 일단 학교 바깥의 상황을 살펴볼까."

권속은 폴라에게서도 시선을 떼고 빙글 돌아섰다.

그리고 안뜰을 떠나려고 했는데——그때 뭔가가 툭 하고 땅바닥에 떨어졌다.

"——어?"

그 정체를 본 권속은 화들짝 놀라면서 자신의 양팔을 즉시 확인했다. 본디 그곳에 연결되어 있어야 할 것이 없었다.

그는 눈치챘다. 바닥에 떨어진 물체는, 절단된 자신의 양팔이라는 사실을.

"억……?!"

"후후후——. 방심했구나——?"

등 뒤에서 들려오는 음성에 권속이 뒤를 돌아보자, 그곳에는 좀 전에 폴라의 번개를 맞았던 메릴이 웃는 얼굴로 서 있었다.

"아니?! 어떻게 된 거냐?! 넌 방금 죽었을……!"

"어때, 놀랐어? 난 귀신이 돼서 나타난 거야♪"

메릴은 익살스럽게 혀를 쏙 내밀었다.

"귀, 귀신이라고······? 웃기지도 않은 농담을······!"

"응, 아무리 그래도 그건 못 믿겠지? 그럼 지금부터 트릭을 공개할게."

그러더니.

"폴라의 라이트닝 볼트. 나는 안 맞았어. 맞은 척하면서 실제로는 제대로 방어를 했지. 빛이 시야를 가려서 넌 눈치채지 못했을 테지만."

"······하지만 분명히 심장 소리는 멈췄었다. 너는 틀림없이 죽었다고. 이렇게 멀쩡히 서 있을 리가 없잖아!"

"아, 그건 말이지. 가사 상태가 되었던 거야."

메릴은 손가락을 곧게 세우면서 말했다.

"자신의 심장에 번개 마법을 써서 일시적으로 고동을 멈춰놨어. 그리고 잠시 후, 미리 시간을 정해놓은 번개 마법을 발동시켜서 되살아난 거고."

"죽은 척을 했다고······? 그 짧은 시간 동안에 너희들끼리 의사소통을 했다는 거냐?"

아연실색하는 권속. 그러거나 말거나 메릴은 느긋하게 웃었다.

"세 번째 길거리 공연에서 이 '죽은 척 연기'를 했을 때는 관객들이 진짜 사색이 됐었다니까. 그때는 나도 좀 충격을 받았었어ㅡ."

"그래, 아이들이 엉엉 울었잖아? 그때 쥐 죽은 듯이 조용해졌던 그 무거운 분위기는, 지금도 내 꿈속에 나올 정도야. 트라우마라고. 그래서 나는 관두는 게 좋을 거라고 충고했었는데.”

폴라는 난처한 것처럼 말했다. 메릴을 바라보는 눈빛은 친애의 눈빛 그 자체였다.

권속은 그제야 겨우 상황을 완전히 파악했다.

“네 이놈들, 나를 속인 거냐……?!”

“응, 맞아—♪ 너는 마력의 실로 학교 사람들을 조종하는 것 같았으니까, 양팔을 잘라내면 되겠다고 생각했지. 어때?”

메릴은 장난을 성공시킨 어린아이같이 기뻐하면서 말했다.

“그럼, 네가 메릴에게 했던 말도…….”

“나는 가족이 시켜서 메릴과 친구가 되었지만, 지금은 메릴을 진정한 내 친구라고 생각해.”

망설임 없이 그렇게 딱 잘라 말하는 폴라. 그 앞에서 권속은 어두운 미소를 지었다.

“……그래. 내가 유치한 연극에 속아 넘어갔다는 것은 알았다. 하지만 너희들은 중요한 걸 착각했다.”

“착각?”

“인질은 그저 수단이었을 뿐, 내가 너희에게 패배할 리는 없다는 거다! 하아아아아아아앗!!”

권속이 바닥을 기는 것처럼 낮고 우렁찬 소리로 포효했다. 그러자 잘려 나갔던 양팔의 단면에서 새로운 팔 두 개가 생겨났다.

“끼야악?! 팔이 생겼네?!”

"저거 도마뱀 아냐?!"

메릴은 한순간 놀랐지만, 금방 정신을 차리고.

"괜찮아, 지금이 공격할 기회야!"

집중력을 발휘해 주문 영창을 개시했다.

"태양을 뒤덮는 영원한 업화여, 지금 이곳에 모여들고 현현하여 모든 것을 불살라라! 파이널 버스트!"

"나도 엄호할게! 하늘에서 쏟아져 내리는 신들의 분노, 그대에게 심판을 내리리라──라이트닝 볼트!"

메릴과 폴라가 쓸 수 있는 마법 중에서 가장 화력이 강한 마법이 발동됐다.

콰아아아아아아아아앙!!!

A랭크 마물조차도 산산조각 내버릴 정도의 위력. 그러나 폭연이 그쳤을 때 드러난 권속은 다친 데 하나 없이 멀쩡히 지면에 서있었다.

폭연 속에서 인간이 아닌 존재는 오만한 미소를 지었다.

"……너희들의 최선을 다한 공격이 그거냐? 현자도 별것 아니구나. 내 적수가 되지는 못해."

"윽. 뭐야, 이거 진짜로 강한 녀석이잖아……?"

"아아아앗?! 메릴아, 어쩌지?! 난 방금 그 공격으로 끝낼 생각이었으니까, 이제는 마력이 거의 안 남아 있어!"

"나도 힘을 너무 많이 소모한 것 같아. 위험할지도 모르겠네."

쓴웃음을 짓고 있는 메릴의 눈앞에 권속이 돌연 나타났다. 눈

깜짝할 사이에 가까이 다가온 것이다.

"어?!"

반응할 기회도 없이, 권속이 휘두른 주먹이 메릴에게 명중했다.

"크억!"

물수제비를 뜨듯이 지면을 구르며 날아가는 메릴.

"메릴! ──꺄악?!"

폴라는 비명을 질렀는데, 끝까지 말하기도 전에 그것은 신음으로 변했다. 권속이 발차기로 폴라를 날려버렸기 때문이다.

쓰러진 메릴과 폴라. 그들이 고통을 참으면서 고개를 들자, 그 앞에는 행성같이 거대한 불덩어리를 하늘 높이 들고 있는 권속의 모습이 있었다.

"이왕이면 너희 둘 다 한꺼번에 해치워주마."

"……아하하. 이건 좀 위험한데?"

그걸 본 순간 메릴은 무심코 웃고 말았다.

여유가 있어서 그런 것이 아니었다. 오히려 그 반대였다.

도저히 막을 수 없다──그 사실을 깨달았기 때문이다.

우리는 저 불덩어리에 삼켜져 삶을 마감할 것이다. 마법에 정통한 현자이기 때문에 메릴은 그 수준 차이를 알 수밖에 없었다.

"자, 끝이다! 금방 네 자매들도 곁으로 보내주마!"

적이 발사한 불덩어리가 메릴과 폴라를 덮쳤다.

──아아…… 아빠. 나 이번에는 나름대로 열심히 해봤는데. 역시 아빠가 없으면 안 되는 모양이야.

있잖아, 아빠.

노력하는 내 모습을 아빠가 봤으면 칭찬해줬을까?

메릴, 너 정말로 애썼구나 하고 머리를 쓰다듬어줬을까?

그러면 좋을 텐데——.

"——메릴, 잘했어."

"응?"

처음에는 메릴은 환청을 듣고 있다고 생각했다.

죽기 직전에 사랑하는 아버지의 환영을 본 것이라고.

하지만 그게 아니었다.

메릴과 폴라를 보호하는 것처럼 카이젤이 우뚝 서 있었다. 그는 그들을 집어삼키려고 날아온 불덩어리를 제거해버렸다.

한낱 환영이 해낼 수 없는 일이었다.

환영이 아니라, 실체가 있는 진짜 카이젤이 이쪽을 돌아보면서 말했다.

"용케 지금까지 잘 버텼구나. 뒷일은 우리에게 맡겨."

제25화

그동안 내내 견고한 수비력을 자랑하던 결계에 허점이 생겼다. 아마도 메릴이 적의 빈틈을 잘 노려서 공격했나 보다.

"좋아! 돌파했어! 안으로 들어가자!"

에트라가 즉시 결계를 돌파했고, 우리는 학교 안으로 침입했다.

소동이 일어나고 있던 안뜰로 가봤더니 마침 권속이 메릴과 폴라에게 결정타를 가하려고 하고 있었다. 그래서 나는 간발의 차이로 메릴과 폴라 앞을 막아서면서, 이쪽으로 날아오는 불덩어리를 내 마법으로 상쇄시켰다.

"……?! 나의 극대 마법을 소멸시키다니……?!"

경악한 표정을 짓는 권속. 나는 그를 무시하고 등 뒤를 돌아봤다. 상처투성이가 되면서도 최선을 다해 싸웠던 내 딸과 친구에게 위로의 말을 건넸다.

"메릴, 폴라. 우리가 올 때까지 잘 버텼어."

"아빠…… 구하러, 와줬구나……."

"카이젤 선생님, 아아, 살았어요……!"

"귀여운 딸과 제자를 위해서라면 나는 어디에든 달려갈 거야. ……이제 괜찮아. 뒷일은 우리에게 맡겨."

"아냐! 나도 아빠랑 같이 열심히 싸울 거야! 우리의 러브러브 파워로 저 녀석을 날려버리자!"

"저도 미력하나마 도움이 되고 싶습니다!"

"이 짧은 시간 동안에 너희 둘 다 믿음직하게 성장했구나."

메릴과 폴라의 성장을 보자 왠지 가슴이 뜨거워졌다. 이제는 내가 없어도 자기들끼리 알아서 잘 살아갈 수 있게 되었구나.

그게 믿음직하기도 했지만, 또 조금은 쓸쓸하기도 했다.

나는 권속을 다시 돌아보고 위협적인 목소리로 말했다.

"감히 내 귀여운 딸을 괴롭히다니. 그 죗값은 제대로 치러야 할 거다."

"……하, 엘자와 안나는 어떻게 됐지? 내가 분명히 말했을 텐데. 자매 셋의 머리를 가져오라고."

입을 열 때마다 거슬리는 발언을 하는 놈이구나.

"너는 어째서 내 딸들의 목숨을 노리는 거지? 왕도를 점령하고 싶다면 그것 말고도 노릴 만한 대상이 있을 텐데."

"흥, 나에게 이런 한낱 왕도 따윈 아무래도 좋다. 그 소녀들의 머리를 자른다면, 언젠가는 이 세계를 모조리 손에 넣을 수 있을 테니까."

"……그게 무슨 소리야?"

"정말 아무것도 모르는 건가. 아니 그게 당연한가."

권속은 비웃는 것처럼 이야기했다.

"과거에 마왕님을 봉인한 용사──너의 세 딸은 그 용사의 피를 이어받았다. 언젠가 마왕님이 부활하실 때 그 소녀들은 방해가 될 거야."

"우리 딸들이 용사의 피를 이어받았다고……?"

"그렇다. 그래서 에인션트 드래곤은 그 소녀들의 고향을 불태웠다. 그 녀석도 우리 마왕군 편을 들었으니까."

"이봐, 잠깐만! 그렇다면 에인션트 드래곤은, 내가 와이번과 오랫동안 전투를 하는 바람에 눈을 뜬 게 아니란 말인가?"

"와이번? 그런 것은 상관없어. 원래 에인션트 드래곤은 용사의 피를 이어받은 소녀들을 처치하기 위해 눈을 뜬 것이다. 뭐, 결국 실패했지만. 심지어 그때 자신을 방해했던 녀석에게 토벌까지 당했으니. 한심한 놈이야."

"그래…… 그랬구나."

나는 그동안 나 때문에 우리 딸들의 고향이 멸망했다고 생각했다. 그런데 권속의 말이 사실이라면 그것은 나의 착각이었다.

에인션트 드래곤의 목적은 처음부터 우리 딸들이었다.

그러고 보니 그놈은 죽을 때 우리 딸들에게 말했었다.

너희들은 태어나면 안 되는 자들이었다고.

하지만 그 발언은, 에인션트 드래곤이 마왕의 편이었다는 사실을 생각해보면 자연스러운 것이었다.

용사의 피를 이어받은 소녀들은 방해가 될 테니까.

오랫동안 믿어왔던 진실이 부정되자, 내 마음속에 늘 존재했던 응어리가 스르르 풀리는 듯한 느낌이 들었다.

"……설마 우리의 적인 너에게 감사하게 될 줄이야. 항상 내 마음속에 있었던 죄책감이 조금이나마 줄어든 것 같아."

물론 그 마을 사람들을 구하지 못한 아쉬움은 남아 있다. 하지만 그동안 나는 모든 것이 내 탓인 줄 알았다.

그런데 그게 아니었다.

나 때문에 에인션트 드래곤이 마을을 불태워버린 게 아니었다.

"네가 뭘 어떻게 생각하든 상관없다. 여기서 너는 네 딸들과 함께 죽을 테니까!"

권속이 마법을 발동시키기 위해 양손을 위로 들어 올리려고 한 순간——.

그 약간의 허점을 노리고 날아온 두 개의 검이, 권속의 양팔을 잘라냈다.

피가 터져 나오면서 지면에 뚝 떨어진 양팔. 공격에 전혀 반응하지 못했던 권속은 그 양팔을 돌아보면서 눈을 크게 뜨고 "억……?!" 하고 소리를 내며 경악했다.

"흥, 허점투성이구나. 우리의 검의 적수가 못 돼."

"메릴, 폴라 씨. 늦어서 죄송합니다."

검을 들고 서 있는 사람은 레지나와 엘자였다.

이 왕도의 자랑거리인 최강의 검사들.

이어서——이번에는 학교 건물의 창문 쪽에서 목소리가 들려왔다.

"아빠! 조종당하던 학생들은 전부 다 에트라 씨가 해방시켰어! 이제 이 학교에 인질은 없으니까 안심해도 돼!"

그쪽을 봤더니 창문에서 안나의 모습이 보였다.

"카이젤! 너 하고 싶은 대로 해!"

옥상에는 에트라와 마릴린이 있었다.

"아무래도 형세가 역전된 것 같구나."

나는 권속을 향해 말했다.

"뭐야, 왜 그래? 약속대로 우리 딸들을 데려왔다고. 좀 더 기뻐하는 게 어때? 네가 원하는 대로 됐잖아?"

"네, 네 이놈들……! 감히 이런 짓을……!"

"네가 이 학교에 틀어박혀 인질을 잡았던 것은, 왕도의 전력과 제대로 맞붙으면 승산이 없다는 사실을 알고 있었기 때문이잖아?"

"윽……!"

"너의 판단은 옳았어. 하지만 오판을 하나 했지. 네 예상보다 메릴과 폴라는 훨씬 더 끈질기고 씩씩한 아이들이었던 거야."

나는 이야기를 계속했다.

"지금 왕도에는 나나 레지나나 에트라만 있는 것이 아니야——엘자와 안나와 메릴, 또 기사단과 모험가 길드 사람들, 마법 학교 학생들——차세대 인재들이 성장하고 있어. 너는 그들을 이기지 못해."

나는 권속과 마주 보면서 깨우쳐주듯이 말했다.

"너도, 마왕도, 우리도——이미 무대에 오를 시간은 지나갔어. 노병은 사라지고, 이 세계는 차세대 아이들에게 맡겨야 해."

나는 검을 뽑아 들고 권속을 향해 달려갔다.

"그러니 넌 이만 물러가라."

"크오오오오오오오오옷!"

심장이 꿰뚫려서 빛의 입자로 변해 소멸해가는 권속. 그 모습을 지켜보고 있는데, 메릴이 내 곁으로 뛰어왔다.

"아빠, 역시 굉장해! 일격에 해치웠네?"

"메릴. 너 몸은 괜찮니?"

"에이— 이 정도는 침 바르면 금방 나아."

메릴은 태연하게 그런 말을 했다.

"그런데 나 좀 상처받았어—. 우리가 그렇게 고전했던 상대를, 그토록 간단히 해치워버리다니."

"너희가 열심히 싸워줬기 때문에 그놈을 쓰러뜨릴 수 있었던 거야. 오늘 이 전투의 주역은 누가 뭐래도 너희 둘이야."

내가 그렇게 말하면서 머리를 쓰다듬어줬더니.

"에헤헤—♪"

메릴은 즐거워하면서 그대로 가만히 있었다.

폴라가 조심스럽게 메릴 곁으로 다가왔다. 그리고 풀 죽은 듯이 고개를 숙이면서 미안해하는 표정으로 말했다.

"……메릴. 정말 미안해. 적을 속이기 위해서였지만 그래도 너한테 그렇게 상처를 줘서. 내가 심한 말도 잔뜩 해버렸지."

"아냐. 괜찮아. 끝이 좋으면 다 좋은 거니까."

실실 웃으면서 가볍게 넘기는 메릴. 뒤끝은 없을 것이다. 불쾌한 일이 있어도 다음 날에는 금방 잊어버리는 타입이다.

"있잖아, 메릴. 아까 말한 거, 나는 진심이야."

"응?"

"맨 처음에는 가족이 시켜서 너랑 친구가 되었지만, 지금은 메릴을 소중한 친구라고 생각해."

"그건 나도 마찬가지야. 아빠한테 칭찬받으려고 친구가 되었는데, 그래도 지금은 폴라를 진짜로 좋아해."

"……고마워."

"있지, 폴라."

메릴은 폴라와 마주 보고 웃었다.

"앞으로도 쭉 내 친구가 되어줄래?"

"……응. 당연하지. 나야말로 잘 부탁할게."

서로의 마음을 확인하는 두 사람.

"에헤헤. 폴라랑 이렇게 끌어안으니까, 아빠랑은 또 다른 따뜻함이 느껴져."

화해의 표시로 포옹하는 메릴과 폴라. 그걸 보니 내가 더 이상 걱정할 필요는 하나도 없겠다는 생각이 들었다.

메릴은 정상적으로 타인과의 관계를 맺는 데 성공한 것이다.

제26화

후일——.

왕도의 어느 술집에는 평소와는 비교도 안 될 정도로 많은 사람이 모여 있었다.

우리 가족, 기사단 사람들과 모험가 길드 직원, 폴라를 비롯한 메릴의 마법 학교 급우들, 마릴린 교장 선생님과 내 직장 동료인 노먼과 이레네. 나의 옛 동료인 레지나와 에트라까지 와 있었다.

우리와 인연이 있는 사람들을 모아놓고 파티를 하게 된 것이다.

"많은 일이 있었지만, 어떻게든 일단락되었구나."

꼬치구이를 먹으면서 마릴린이 그렇게 말했다.

"설마 내가 적에게 조종당할 줄이야……. 강사로서 칠칠치 못한 짓을 했군. 온몸의 마디마디가 아픈 것을 보면 험하게 다루어진 것 같은데. 용서할 수 없어!"

분개하는 노먼. 하지만 실은 권속이 그를 험하게 다룬 것이 아니라 메릴이 인정사정없이 그를 공격했던 것인데, 그 사실은 비밀로 하기로 했다.

반장인 피오나가 메릴을 향해 말했다.

"메릴 양과 폴라 양 덕분에 우리 학교의 치안이 유지되었습니다. 반장인 저는 한심한 모습을 보여줬습니다만……. 이번 공적을 기려서, 그동안 질서를 어지럽히는 행위를 했던 것은 불문에 부치겠습니다. 그러므로 우리가 친구가 되는 것도 불가능하지는 않——."

"있잖아, 아빠—! 아~ 할 테니까 먹여줘, 먹여줘—."

"저기, 메릴은 이미 카이젤 선생님한테 가버렸는데?"

"역시 메릴하고는 친구가 되어주지 않을 거예요!"

테이블에 놓여 있는 과자를 먹여 달라고 떼를 쓰는 메릴. 다른 사람들이 있는데도 불구하고 파더 콤플렉스를 마음껏 발휘하고 있었다.

"친구가 생겼으니까 이제는 좀 부모에게서 독립한 줄 알았는데——."

"친구와 같이 있는 시간도 중요하지만, 아빠랑 같이 있는 시간도 중요한걸. 나는 폴라도 아빠도 전부 다 너무너무 좋아하니까—."

만면에 미소를 지으면서 그렇게 말하는 메릴.

나는 메릴의 머리를 쓰다듬으면서 한바탕 실컷 어리광을 받아줬다. 그 후 좀 떨어진 테이블에 있는 에트라와 레지나에게 다가갔다.

"어이, 너희들. 같이 있네?"

"내가 없으면 이 녀석이 외톨이라 불쌍해지니까. 안 그래?"

"뭐라고? 그건 내가 할 말이다."

"어휴, 그만해. 적어도 축하연에서는 사이좋게 지내라, 응?"

나는 두 사람을 달래고서 그 자리에 앉았다.

한동안 술을 마시고 있었는데 문득 에트라가 입을 열었다.

"너희 딸들이 용사의 피를 이어받았다면, 앞으로도 마족들이 그들의 목숨을 노리고 찾아올 테지."

"응, 그럴지도 몰라. 하지만 전부 다 격퇴할 거야."

"흐음. 그것은 세상을 지키기 위해서냐?"

"그렇게 거창한 것은 아니야. 나는 그저 내 딸들을 지키는 거지. 그 결과 덤으로 이 세상도 구해주는 거고."

"나 참—. 역시 너는 못 말리는 딸 바보구나."

"그러게나 말이다."

"원래 부모란 것은 자식이 귀여워서 어쩔 줄 모르는 법이야. 자기 목숨을 바쳐서라도 자식들은 행복하게 해주고 싶어 하는 거지."

술집 안을 둘러봤다.

엘자는 나탈리와 담소를 나누고 있었고, 안나는 시끄럽게 떠드는 모니카 때문에 질린 것 같았고, 메릴은 폴라나 마법 학교 친구들과 즐겁게 놀고 있었다.

우리 딸들은 각자의 인연을 만들어가고 있었다.

나는 그 아이들의 행복한 시간을, 인연을 지켜나가고 싶었다.

진심으로 그렇게 생각했다.

"……뭐, 그래. 나도 도와줄게. 어차피 달리 할 일도 없고. 여기서 사는 것도 의외로 마음에 들기도 하고."

"난 너와 함께 검을 휘두를 수 있다면 뭐든지 상관없어."

"그렇구나. 너희 둘 다 그렇게 말해줘서 고마워."

나는 에트라와 레지나에게 말했다.

"나한테는 너희 둘과의 인연은 둘도 없이 소중한 거야."

"바, 바보야. 무슨 소리를 하는 거야. 징그럽게."

"마, 맞아! 심장마비 걸릴 뻔했잖아!"

에트라와 레지나는 기습을 당한 것처럼 놀라면서 둘 다 뺨을 붉히더니, 부끄러운 듯이 얼굴을 반대쪽으로 홱 돌렸다. 하지만 기분이 나빠 보이지는 않았다.

한번 끊어졌던 인연이 이렇게 다시 이어졌다.

18년 전에 매일 함께 지냈던 시절에는 너무 가까워서 실감하지 못했지만, 가족 이외의 동료와 함께 지내는 시간은 무척 행복한 것이었다.

후기

오랜만에 뵙습니다. 토모바시입니다.

이번에 이렇게 S랭크 파더콤 3권을 출판할 수 있게 되었습니다! 감사합니다! 이것도 다 독자 여러분 덕분입니다.

책을 구매해주신 여러분이 조금이라도 즐거움을 느끼셨으면 좋겠어요.

요즘 세상이 상당히 어두운 분위기이기도 하니까요. 밝은 느낌의 이야기를 앞으로도 쓸 수 있으면 좋겠다……고, 최근에는 그런 생각을 하고 있습니다.

현실이 아름다운 세상이 아니기 때문에 오히려 아름다운 세상의 이야기를 좋아합니다. 저는.

자, 그럼 감사의 말씀을 올리겠습니다.

담당 편집자 H님, 일러스트를 그려주신 노조미 츠바메 선생님, 이번 작품의 출판을 도와주신 모든 분, 또 이 책을 구매해주신 독자 여러분.

이번에도 진심으로 감사를 드립니다!

여러분 덕분에 저는 어떻게든 가늘고 길게 살아가고 있습니다.

앞으로도 잘 부탁드리겠습니다!!

그럼 다음에 또 만나요!

S RANK BOUKENSHYA DE ARU ORE NO MUSUME TACHI WA
JYUUDO NO FATHER COMPLEX DESITA Vol.03
©2021 Kametsu Tomobashi
First published in Japan in 2021 by OVERLAP, Inc.
Korean translation rights reserved by Somy Media, Inc.
Under the license from OVERLAP, Inc., Tokyo JAPAN

S랭크 모험가인 내 딸들은 심각한 파더콤이었습니다 3

2021년 10월 15일 1판 1쇄 발행

저　　　자	토모바시 카메츠
일 러 스 트	노조미 츠바메
옮 긴 이	한수진
발 행 인	유재옥
본 부 장	조병권
편집 1팀	김혜연 박소연 이준환
편집 2팀	박치우 정영길 조찬희 조현진
편집 3팀	곽혜민 오준영 이해빈
라 이 츠	이다정 한주원
디 지 털	김지연 박상섭 이성호 최서윤
미　　　술	김보라 서정원
발 행 처	㈜소미미디어
등　　　록	제2015-000008호
주　　　소	서울시 마포구 토정로 222, 403호 (신수동, 한국출판콘텐츠센터)
제 작 처	코리아피앤피
판　　　매	㈜소미미디어
마 케 팅	최수아 한민지
전　　　화	(02)567-3388, Fax (02)322-7665

ISBN 979-11-384-0305-4
ISBN 979-11-6611-499-1 (세트)